共謀綺談

フアン・ホセ・アレオラ

安藤哲行 訳

Confabulario

Juan José Arreola

Tetsuyuki Ando *trans.*

創造するラテンアメリカ

松籟社

Confabulario

by

Juan José Arreola

Translated from the Spanish by Tetsuyuki Ando

目次

記憶と忘却

皆さん、わたしはサポトラン・エル・グランデの生まれです。村がとても大きい（グランデ）ことから、百年前、グスマン市にされました。でもわたしたちはとても田舎者であり続けているので、いまだにサポトランと呼んでいます。そこはトウモロコシ畑の丸い谷間、山に囲まれた盆地で、良い気候、青い空、そして浅い夢のように消えたり現れたりする湖のほかに飾りはありません。五月から十二月まで、トウモロコシが同じような背丈で生長する姿が見られます。ときどきわたしたちは、そこで荒いタッチの画家、ホセ・クレメンテ[1]が生まれたことから、サポトラン・デ・オロスコと言います。彼とは同郷なので、わたしは火山のふもとに生まれたような気になります。火山と言えば、わたしの村の山岳学は、その画家のほかに、あと二つの頂きを含めています。一つが、全体がハリスコの地にあるのにコリマと呼ばれている雪山[2]（ネバード）。これは休火山（アパガード）で、冬には氷で飾られます。でももう一つは活動しています。一九一二年、わたしたちは灰に覆われました。そして老人たちは、この軽いポンペイ的な体験を思い出して怖がります。真昼間に夜になり、最後の審判だと誰もが信じたのです。それほど遡らなくても、昨年、わたしたちは溶岩流、爆発音、噴気孔に怯えていました。その現象に引きつけられて、地質学者たちがわたしたちに挨拶しに来て、わたしたちの体温と脈を測り、わたしたちは彼らにザクロのパンチを振る舞いました。そして彼らは科学的見地からわたしたちを安心させてくれたのです。わたしたちの枕の下にあるこの爆弾は、おそらく今日、夜に、あるいはこれから一万年たったある日、爆発するのです。

　わたしは、四番目の子です。両親は、十四人の子に恵まれましたが、おかげさまで今なお健在です。ご覧のとおり、わたしは甘やかされた子ではありません。アレオラ家とスニィガ家[3]が、わたしの魂の中で犬たちみたいに争い、無信仰者と信者という古くからの家庭不和を続けています。どちらも、ずっと古くは、元はともにバスク出身ということで結びつくようです。でもいいときに混血になり、その静脈にはメキシコを作った血が内輪もめすることなく流れています。それに、どこからどうやって入ったのかは不明ですが、フランス人尼僧の血も。お話ししないほうがいい家族の話があります。なぜなら、わたしの姓は、スペインのセファルディ[4]たちの間では、聖書風に、現れたり消えたりするからです。ドン・フアン・アバド、つまり、わたしの曽祖父が改宗者という噂を永遠に消すためにアレオラとつけたかどうかは誰も知りません（アバドは、アラム語で父を意味するアバから来ています）。ご心配なく、ここで家系樹を植えるつもりはありませんし、シッドの写字生からの庶民の血筋を、あるいは折衷したトーレ・デ・ケベード[5]という名をわたしにもたらす動脈を広げるつもりもありません。でも、わたしの言葉には気高さがあります。誓います。わたしは、とても古い二つの家系の直系です。つまり、わたしは母方では鍛冶屋、父の称号では大工なのです。言葉に寄せるわたしの職人的情熱はそこから来ています。

わたしは一九一八年、スペイン風邪が猛威を振るう中、聖マタイ福音史家と聖イフィゲニア処女殉教者の日に、雛鳥や豚、子山羊、七面鳥、牝牛、驢馬（ろば）や馬の間で生まれました。わたしは囲い場から抜け出した黒い子羊にまさしくつきまとわれて歩き始めました。そんな前歴が、わたしの人生を永続的な不安で色付けしています。その不安は、わたしには家族全員を巻き込む神経症の前兆となって現れますが、それは幸か不幸か、決して癲癇（てんかん）や狂気には変わりませんでした。いまだこの悪しき黒い子羊はわたしにつきまとっており、わたしの歩みは、神話的な獣につきまとわれた穴居人のように、震えているような感じがします。

ほぼすべての子供と同じように、わたしも学校に行きました。いろいろな理由で通い続けることができませんでした。それはもっともな理由なのですが、お話しすることはできません。わたしの子供時代はクリステロ革命下[6]にある地方の混沌の中で過ぎました。教会や教会が運営する学校は閉鎖され、わたしは、身を隠した司祭と尼僧たちの甥なのですが、異端の罪を受けたくなければ、公立学校に通ってはなりませんでした。わたしの父は、出口のない路地で出口をいつも見つける術を知っているような人で、わたしを非合法の神学校や政府の学校に行かせるかわりに、あっさり働きに出させました。そうして、十二歳のとき、わたしは見習いとして製本工の親方ドン・ホセ・マリア・シルバの仕事場に、その後、チェパ・グティエレスの印刷所に入りました。そこから、手作りのものとしての本に寄せる大きな愛が生まれます。もう一つの愛、テキストへの愛は、その前に、尊敬する小学校の先生のおかげで生まれていました。その先生、ホセ・エルネスト・アセベスのおかげで、世界には、商売人や小さな工場の経営者、農民の他に、詩人がいることを知りました。ここで一つ説明しなくてはなりません。わたしの父は、何でも知っていて、商業、工業、農業（いつも小規模です）、どれもしたのですが、どれも失敗しました。彼には詩人の魂があるからです。

わたしは独学です。それは確かです。でも十二歳のとき、そしてサポトラン・エル・グランデで、ボードレール、ウォルト・ホイットマンを、そしてわたしのスタイルの主な創設者であるパピーニとマルセル・シュウォッブ、そしてそのほか、多少とも名高い五十人を読みました……。そして歌や世間でよく言われていることに耳を傾けていましたし、田舎の人たちの会話が大好きでした。

一九三〇年から今日にいたるまで、わたしは二十を超える異なる仕事と職に就きました……。行商人にジャーナリスト、ポーターに銀行の集金人、印刷工にコメディアン、パン屋。なんでもかんでも。

ここで、わたしの人生を変えた人に触れなければ恩知らずというものでしょう。ルイ・ジューヴェ、彼がグアダラハラに立ち寄ったとき知り合ったのですが、二十五年前、彼はわたしをパリに連れていきました。その旅は、もう一度見ようとしても見られない、そんな夢です。コメディ・フランセーズの舞台を踏みました。『アントニーとクレオパトラ』のガレー船での裸の奴隷役、ジャン・ルイ・バローの下、そしてマリー・ベルの足元で。

フランスから戻ると、フォンド・デ・クルトゥーラ・イ・エコノミカ社が、技術部に迎えてくれましたが、これはアントニオ・アラトーレが世話してくれたおかげで、彼はわたしを文献学者、文法学者と見なさせたのです。三年の間、ゲラ刷りや翻訳、原文を校正した後、わたしは作家一覧に名前が載りました（『さまざまな作り話』が一九四九年にテソントレから出版されました）。

最後に憂鬱な告白を。わたしには文学に従事する暇がありませんでした。でもできうる限りの時間をすべて、文学を愛することにあててきました。わたしは何よりも言語を愛していますし、イザヤからフランツ・カフカにいたるまで、言葉を通して精神を明かす人たちをあがめています。現代文学全体はほぼ、信用していません。作家としてのわたしの夢を守ってくれる、そんな思いやりのある、古典の影に囲まれて生きています。でもまた、新たなメキシコ文学を作ることになる若い人たちにも。わたしは自分が実現できなかった仕事を彼らに託します。その仕事を容易にするために、わたしは毎日彼らに話しています。わたしの口が他者に支配されたわずかな時間に学んだことを。燃え尽きることのない柴[7]を通してたった一瞬耳にしたことを。

この決定版[8]に取りかかるとき、ホアキン・ディエス＝カネドとわたしは相談し、わたしの本のそれぞれに、最もはっきりした個性を取り戻させることにしました。様々な偶然により、『さまざまな作り話』『共謀綺談』そして『動物寓意譚』は、一九四九年から、たがいに悪影響を及ぼし合いました。（『フェリア』は別物です。）今、それらの本はそれぞれが、自分のものではないものを他に返すと同時に、自分のものを取り戻しています。

この『共謀綺談』は練り上げられた短篇とそれらに最もよく似たものを収めています。『さまざまな作り話』には、もう永遠に未熟なままの、素朴なテキストが行きます。『動物寓意譚』は『韻律』が付け足されることになります。なぜならどちらも詩的散文と散文詩という短いテキストなので。（こうした用語には驚きません。）

そして、これで全てかはともかく、この全集の第五巻目以降、すべてが「全共謀綺談」もしくは「記憶と忘却」と呼ばれることになるのかどうか、結局、誰が気にすることでしょう？ ただ記しておきたいのは、共謀して（コンファブラード）いようがいまいが、著者とその読者と目される人は同じものであるということ。それぞれによって増やされた、思い出と忘却の間での足し算と引き算。

J・J・A

1　ホセ・クレメンテ・オロスコ（一八八三－一九四九）　メキシコ壁画運動を主導した画家の一人。
2　サポトランはハリスコ州にあり、その南にコリマ州（州都コリマ）がある。
3　アレオラのフルネームは、フアン・ホセ・アレオラ・スニィガ Juan José Arreola Zúñiga。フアン・ホセが名前、アレオラが父方の、そして、スニィガが母方の姓。
4　スペイン系ユダヤ人。一四九二年、追放令により、イベリア半島から追放され、国外に移住したユダヤ人の子孫。
5　スペインの文化的な黄金世紀を代表する作家・詩人の一人であるフランシスコ・デ・ケベード（一五八〇－一六四五）は、トーレ・デ・フアン・アバドに所領を持っていた。
6　政府による教会財産の没収、権力の剥奪に対して教会は門を閉ざすが、熱烈な教徒たちが一九二六年に武装蜂起し、一九二九年まで各地で戦闘が続いた。クリステロ戦争、クリステロの反乱とも言う。
7　『旧約聖書』、出エジプト記　3、1－6。神は、燃え尽きることのない柴の間からモーゼに声をかけ、正体を明かす。
8　一九七一年にホアキン・モルティィス社から「フアン・ホセ・アレオラ作品集」と冠して五作が出版されはじめたが、本段落以降の部分は、この作品集が刊行されたときに追加されたものである。

共謀綺談

……黙って、ぼくはうかがう
誰かがぼくを食い入るように見ているあいだ。
カルロス・ペジセール

山々が出産しようとしている（パルトゥーリエント・モンテース）
……滑稽なネズミが一匹生まれるだろう（ナースケトゥル・リーディクルス・ムース）
――ホラティウス『詩について』、一三九

わたしが山々の出産をめぐる新しい解釈を知っているという噂が友人や敵の間で広まった。それを話してくれ、といたるところで言われたが、皆があらわにする期待感は、そうした話への関心をはるかに超えていた。正直なところ、わたしは人々の好奇心を何度も古典的なテクストや流行りの版に向けた。しかし、誰も満足しなかった。誰もがわたしの口から聞きたがっていたのだ。皆、初めは繰り返し穏やかに頼んでいたが、やがてそれぞれの気性に応じて、脅し、強要、買収へと態度を変えた。何人かの粘液質の人たちは、わたしの自尊心のいちばん敏感なところを傷つけるため、ただ無関心を装った。遅かれ早かれ直接行動が起きねばならなかったのだろう。

昨日、通りの真ん中で、憤慨している人々の集団に襲われた。四方八方、わたしの行く手をふさぎ、話を始めろ、と大声を上げる。ぼんやり歩いている大勢の人たちも、犯罪に加担することになるのも知らずに、足を止める。彼らは、たぶん、絡まれた香具師というわたしの姿に惹かれて、進んで協力したのだ。まもなくわたしは、密集した群衆に囲まれた。

圧倒され逃げ道を断たれて、わたしは力を振り絞り、語り手としての名声を終わらせることにした。そしてその結果は次のようなもの。気分が高ぶって声が上ずり、誰かが足もとに置いた交通警官の踏み台にはい上がり、いつもの仕種でいつもの言葉を述べはじめる。「地震や爆発、その真っ只中で、苦しみの壮大なる前兆とともに、木々を根こそぎにし、岩を引きはがしつつ、途轍もない出来事の到来が間近に迫る。火の山が生まれるのであろうか？　火の川？　海面下の星が新たに水平線に昇るのであろうか？　いいや、皆さん、山々が出産しようとしているのであります」

驚きと恥ずかしさで声が詰まる。何秒かの間、沈黙したオーケストラを前にした指揮者のように、まったくのパントマイムで話を続ける。失敗は明々白々で、何人かの人が動揺する。空白を埋める気にさせようと、向こうのほうで、「ブラボー！」と叫ぶ声が聞こえる。本能的に両手を頭にもっていき、力いっぱい締めつけ物語を早く終わらせようとする。見物人たちは伝説的なネズミのことだと見抜いているが、待ち焦がれている振りをする。わたしのまわりでは、たった一つの心臓しか鼓動していないように感じられる。

わたしはゲームのルールは心得ており、実のところ、手品師のような手立てで人をたぶらかすのは好きではない。突然、わたしはすべてを忘れる。学校で学んだこと、そして本で読んだことを。頭が真っ白になっている。わたしは、正直に、丸腰で、ネズミを追い求め始める。初めて敬意を表するような沈黙が生まれる。やって来たばかりの人たちに聴衆の幾人かがドラマのあらましを小声で伝える。わたしは本当に苦しい立場にあり、正気を失くした人間みたいに、いたるところに解決策を探し求める。

ポケットを一つひとつ探り、ひっくり返して、見物人に見えるようにする。帽子をとると、すぐ放り投げて、ウサギを取り出すというアイデアを棄てる。ネクタイの結び目をほどき、シャツをまさぐりながら先を続けるが、やがてズボンの、上のほうのボタンに触れ、びっくりして、手を止める。

気を失いそうになったとき、一人の女性の顔が突然期待感で真っ赤になるが、その顔にわたしは救われる。台の上にしっかり立ち、彼女にすべての希望を託し、女性たちは下ねたにとりわけ弱いということを忘れて彼女をミューズのランクに格上げする。そのとき、緊張がピークに達する。わたしの状態に気づいて電話をかけてくれた慈悲深い人は誰だったのだろう。はるか彼方の救急車のサイレンが、決定的な凶兆の前触れとなる。

最後の瞬間、わたしの安堵の頬笑みが、たぶんわたしをリンチにかけようと思っていた人たちを制止する。ここ、左腕の下、腋の下に巣のようなかすかな温もりがある……。何かがここで元気づき、動きまわる……。そっと、手をスプーンのように丸めたまま、腕を体にそって下げる。すると奇跡が起きる。袖のトンネルを通って、ちっぽけな柔らかい命が降りてくる。わたしは、腕を上げ、誇らしげに手のひらを広げる。

溜息をつく。すると、わたしと一緒に群衆が溜息をつく。知らない間に、わたし自身が拍手の合図を出す。そしてたちまち喝采がまき起こる。生まれたばかりのネズミを前に、驚くばかりの行列がすぐできる。専門家たちが近づき、あらゆる角度からそれを見つめ、息をして動いているのを確かめる。彼らはこれまでこうしたことを見たためしがなく、心からわたしを褒めたたえる。だが数歩離れるとすぐ、もう異議を唱え始める。怪しみ、肩をすくめ、首を左右に振る。トリックはなかったか？　本物のネズミか？　わたしを落ち着かせようとして、何人かの熱心な人たちがわたしを肩車して歩くともちかけるが、わたしはそこから動かない。聴衆はおおかた少しずつ消えていく。わたしは頑張ったせいでへとへとになり、一人きりになろうかというときには、最初に欲しいと言う人にその生き物をあげるつもりになっている。

女性たちはたいていそうした齧歯類(げっし)を怖がる。だが群衆の中で顔を輝かせたあの女性がやって来て、おずおずとわたしの空想の愛しい所産を求める。すっかり嬉しくなってすぐさまそれを彼女に献呈する。そして彼女がそれを優しく胸にしまい込むとき、わたしはどぎまぎする。

わたしに別れを告げ、礼を言うとき、彼女は、誤解されないよう、自分の態度を懸命に説明する。彼女がひどく取り乱しているのを見ながら、わたしは、うっとり耳を傾ける。ネコを飼っているんです、と彼女は言う、そして夫と豪華なマンションに住んでます。単に、彼女は、夫とネコにちょっとした思いがけないプレゼントをするつもりになっている。そこでは誰もネズミとはどのようなものであるのかを知らない。

まことに汝らに告ぐ

ラクダが針の穴を通ることに関心のある人は皆、ニクラウス実験の後援者リストに名を載せねばならない。

アルパド・ニクラウスは、命がけの学者たち、つまりウランやコバルト、水素を取り扱う人々のグループから離れて、現在進めている研究を根本的に人道主義的かつ慈悲深い目的、すなわち、金持ちたちの魂の救済に向ける。

彼は、ラクダを崩壊させ、電子を噴出させることで針の穴を通るようにする、そんな科学的な計画を提案する。一つの受信機（だいたいにおいてテレビのスクリーンにとてもよく似たもの）が電子を原子に、原子を分子に、そして分子を細胞に組織化し、瞬時にラクダをその元の枠組みに従って復元する。

ニクラウスは既に、手を触れることなく一滴の重水の位置を替えることができた。さらには、数えうる最小の物質にまで分解して、ラクダのひづめが放射する量子エネルギーの数値を出すことができた。だがここで、その天文学的数字で読者を当惑させるのは無駄なことに思われる。

ニクラウス教授がぶちあたった唯一の重大な困難は専用の原子力プラントがないことである。そうした設備は、都市のように広大で、信じられないくらい金のかかるものである。だが特別な委員会が世界的な募金を通して、既にその経済問題を解決する役を引き受けている。最初の出資は、いまだ若干控え目なものだが、それは何千ものパンフレット、債券、趣意書の作成費用をまかなうために、そしてまた、巨大な研究所が建つまでの間、ニクラウス教授にささやかな給料を保証して、自身の理論的研究や計算を継続してもらうのに役立った。

現在のところ、その委員会にはラクダと針があるだけである。その計画がどんなラクダにとっても無害であり有益でさえあることから（ニクラウスは全細胞が再生する公算が高いと話している）、動物保護団体が承認しているため、国中の動物園は本物のキャラバン隊を提供した。ニューヨークは、ためらうことなく、あのとても有名な白いヒトコブラクダを展示している。

針に関しては、アルパド・ニクラウスは鼻高々であり、それを実験の礎石と見なしている。単なる針ではなく、彼の根気強い天分によって日の目を見た逸品である。一見、ありふれた針と間違えかねない。ニクラウス夫人は、洗練されたユーモアを発揮しながら、その針で夫の衣類を繕うことを楽しむ。しかしその価値は計り知れない。いまだ分類されていない驚異的な金属で作られており、その化学記号については、ニクラウスはほとんど説明しないが、もっぱらニッケルの同位元素でできている物体であると理解させているようである。この謎めいた物質は科学者たちにあれこれ考えさせた。合成オスミウムか特異なモリブデンだという滑稽な仮説を立てる者、あるいは、ニクラウスの金属を識別したと断言する妬み深い、とある教授の言葉をあえて公然と口にする者もいた。その教授によれば、ニクラウスの金属は、菱鉄鉱の濃密な塊の中に包み込まれたごく小さな水晶のクラスターの形をとっているとのことである。確実に知られていることは、ニクラウスの針は超高速の電子の噴出の摩擦に耐えうるということである。

　捉えどころのない数学者たちをひどく喜ばせるような説明の一つで、ニクラウス教授は、通過中のラクダをクモの糸と比較する。私たちがその糸を利用して布を織るのであれば、その布を広げるには全恒星空間が必要であろうし、また、目に見える星も見えない星も露のしぶきのようにそこに引っかかるだろう、と彼は言う。問題の枠（かせ）は数百万光年の長さになるが、ニクラウスは五分の三秒ほどでそれを巻こうと言っている。

　見たところ、その計画はまったく実現可能なものであり、あまりにも科学的でさえあるのではないのだろうか。既にそれは、著名なオラフ・ステープルドンがロンドンで主宰する惑星間協会の共感と倫理的支援（いまだ公的には確認されていない）を得ている。

　当然のことながら、ニクラウスの申し出は、いたるところで期待と不安を引き起こしたが、それを考慮して、委員会は並々ならぬ関心を表明して世界のすべての権力者の注意を惹くが、それは彼らが死んだラクダを細い穴に通している香具師たちに驚かされることがないようにするためである。そのような手合は、ためらうことなく科学者を名乗り、人のいい楽天家たちを物色する詐欺師に過ぎない。彼らはまったく通俗的なやり方で行う。ラクダを硫酸の溶液の中で、少しずつその濃度を薄めながら、溶かす。そのあと、蒸気時計を使って針の穴からその液体を蒸留し、そして奇跡を起こしたと信じる。当然のことながら、その実験は無益なものであり、資金を調達するにはまったく役立っていない。ラクダはそのとんでもない移動の前も後も生きていなければならない。

何トンもの蠟燭を溶かしたり、不可解な慈善事業に金を費やしたりするより、持て余すほどの資金を所有し永遠の生に関心のある人々は、ラクダの崩壊を後援すべきである。それは科学的なものであり、輝かしいもの、最終的には利益の上がるものである。このような場合、気前の良さを話題にする必要はまったくない。すべての費用はそれ相応にまかなわれることを承知で、目をつむって財布のひもをたっぷりゆるめなくてはならない。報酬はすべての寄付者にとって等しいものとなろう。急を要することは、支払い日をできうる限り早めることである。

必要な資金の総額は、いつになるのか予測できないその最後の時まで分からないだろうが、ニクラウス教授は、正直なところ、基本的に融通の利かない予算で働くのを拒否している。出資者たちは我慢して、何年もの間、自分の投資分担金をまかなわなくてはならない。数千人の技術者、管理責任者、労働者を雇う必要がある。地域的、国家的な小委員会が設立されなければならない。そしてニクラウス教授の後継者たちを育成する学校の規則は、その試みが何世代もの間にかなり広がりうるため、単に準備するというだけでなく、あらかじめ詳細に想定されなくてはならない。その点に関して、学識のあるニクラウスが高齢であることを指摘することは無駄ではない。

人間のあらゆる意図同様、ニクラウス実験は、失敗と成功という起こりうる二つの結果をもたらす。

ニクラウスの成功は、個人の救済の問題を単純化するだけでなく、ひどく神秘的な実験の推進者たちを夢のような輸送会社の株主に変えよう。人間の崩壊を実用的かつ経済的に開発、進展させることはとても容易になろう。未来の人間は、電子の閃光となって、一瞬のうちに長距離を危険もなく旅することになるだろう。

だが失敗の可能性はなおいっそう喜ばしいものである。アルパド・ニクラウスが妄想の生産者であり、彼の死後、ペテン師たちの血統全体がその跡を継ぐのであれば、彼の人道主義的な仕事は、幾何学の発展のように、あるいはカレルが培養した鶏の組織のように、偉大さを増すばかりである。資金の世界的崩壊の栄えある創始者として歴史に残るのを妨げるものは何もないだろう。そして金持ちたちは、自分たちを消耗させる投資によって次々に貧しくなり、狭き門（針の穴）からやすやすと天国に入るだろう。ラクダは通れないが。

サイ

十年のあいだ、一頭のサイと闘いました。わたしは、マクブライド判事の元の妻です。

ジョシュア・マクブライドは十年のあいだ傲慢なエゴイズムでわたしを支配しました。わたしは、彼がひどく激昂するのを、束の間やさしくなるのを、そして夜更けに、執拗にもったいぶって欲情するのを知りました。

わたしは、愛とはどういうものか、それを知るまえに諦めました。ジョシュアが、裁判の陳述よろしく、愛とはメイドたちを楽しませるために役立つ作り話でしかないことを明らかにしたからでした。いっぽう、彼は立派な男の庇護を与えてくれました。立派な男が与える庇護というのは、ジョシュアによると、すべての女性にとって最大の望みだとか。

十年、そのサイと格闘しましたが、わたしの唯一の勝利は彼を離婚に引きずり込んだことでした。

ジョシュア・マクブライドは再婚しましたが、今度は選択を間違えました。もう一人のエリノアを探してるうちに、好敵手に出会ったのです。パメラは、ロマンチックで気立てがいいのですが、サイどもを打ち負かすのに役立つ秘訣を知っています。ジョシュア・マクブライドは正面きって攻撃しますが、素早く振り向くことができません。突然誰かが背後に立つと、ふたたび攻撃するのに一回転しなくてはなりません。パメラは彼の尻尾をつかんで、それを放さず、揺さぶる。判事は、ぐるぐる回り過ぎて疲れを見せ始め、屈服し、おとなしくなる。怒っても、動きはいっそうのろくなり、さえないものになる。彼のお説教は、当惑した役者の台詞と同じように、信憑性を失います。その怒りはもう表面には現れません。まるで地下火山みたいなもので、パメラがその上に坐って頬笑んでいるのです。わたしはジョシュアと海で遭難していましたが、パメラは洗面器の中の紙の小舟のように浮いています。慎重で菜食主義の牧師の娘なのですが、父親からは虎をも慎重な菜食主義に変えられる方法を習ったのです。

少し前、教会で、日曜礼拝に熱心に耳を傾けているジョシュアを見かけました。やつれ、へたっているようでした。まるでパメラが、その華奢(きゃしゃ)な手で、彼の体積を減らしていき、背骨を折り曲げたみたいでした。彼は、菜食主義で蒼白いため、どことなく病人のような感じがします。

マクブライド夫妻を訪ねる人たちはびっくりするような話をしてくれます。不可解な食事のこと、ローストビーフのない昼食や夕食のことを。ジョシュアが大皿に山盛りのサラダをむさぼっているところを説明するんです。当然、そうした食べ物からはかつての怒りを育てるようなカロリーを摂ることはできません。彼の好きな料理は非情で無愛想な料理女たちによって順序立って変更され、廃止されました。パテグラスやゴルゴンゾーラはもうその脂ぎった臭いをくすんだオークの食堂に行き渡らせません。そうしたチーズは、味のないクリームや無臭のチーズに置き換えられましたが、それをジョシュアは、罰せられた子供みたいに、黙々と食べるんです。パメラは、いつも愛想よくて頬笑んでいますが、ジョシュアの葉巻を半分のところで消し、パイプのタバコを一定量にし、ウイスキーを制限しています。

そうしたことを話してくれるのです。わたしは、枝つき燭台の光の下、狭くて長いテーブルで二人きりで夕食をとっているところを想像するのが好きです。賢いパメラに見張られて、大食いのジョシュアが怒って軽い食物をむしゃむしゃしている。でも、スリッパをはき、不恰好な巨体をガウンでくるんだサイが、夜更けに、頑として開かないドアの前で、おずおずと執拗に呼びかけているところを想像するのがとりわけ好き。

トリクイグモ

トリクイグモは家を自由に歩き回るが、ぼくの恐怖感は薄れない。

ベアトリスとぼくが路上市のあの汚い小屋に入ったとき、その胸糞の悪くなるようなやつは、運命がぼくにもたらすいちばんたちの悪いものであることに気づいた。人の目に突然はっきり現れる憐れみや軽蔑よりも悪いもの。

数日後、そのトリクイグモを買いに戻ると、香具師(やし)はびっくりしたが、そのクモの習性や奇妙な食べ物についていくつか情報をくれた。そのときぼくは、完全な脅迫を、心が耐えうる最大量の恐怖を一気に手にしたことが分かった。家への帰り道、軽いのにずっしりとしたクモの重さを感じたとき、脚が震え、よろけたのを覚えている。それは、クモを入れている木箱の重さを自信をもって差し引いた重さなのだが、その二つはまったく別個のもののようだった。一つは悪意のない木の重さ、そしてもう一つは不純で有毒な生物の重さだが、これが本物のバラストのようにぼくを引っ張っていた。その箱の中には、ぼくが自分の家に置いて、もう一つの地獄、人間の巨大な地獄を破壊する、終わらせるはずの個人的な地獄があった。

アパートにトリクイグモを放ち、それがカニのように走って家具の下に隠れるのを見た、その忘れられない夜は、何とも形容しがたい生活の始まりだった。以後、ぼくに与えられている瞬間の一つひとつをクモは歩きまわり、目に見えないものの、その存在で家中を埋めつくしている。

毎晩、ぼくは嚙まれて死ぬのを待って震えている。何度も目を覚ますが、体は凍え、緊張し、動かない。夢が、肌の上のクモのくすぐるような歩みを、はっきりしない重みを、内臓の堅さを正確に創りあげるから。それでも、いつも夜が明ける。ぼくは生きていて、心は徒(いたずら)に準備をし、習熟する。

トリクイグモが消えた、道に迷った、それとも死んだ、そう思う日もある。でも、それを確かめようとして何かをするわけでもない。バスルームから出るときに、それか服を脱いでベッドで横になるときにまた出くわすよう、いつも偶然にまかせている。ときどき夜の静けさがクモの足音の響きをぼくに伝える。その足音は聞きとれないものであることは分かっているが、ぼくには聞こえるようになった。

前日に置いた食べ物が手つかずになっていることが何日もある。消えていると、トリクイグモが平らげたのか、それとも家にいる悪意のない他の滞在客だったのか、分からない。たぶんぼくは詐欺の被害者になっている、見せかけのトリクイグモの意のままになっていると考えるようにもなった。たぶん香具師がぼくをだまし、無害でむかつくようなコガネムシに高い金を払わせたのだ。

でも実際のところ、それはたいしたことじゃない。なぜなら、ぼくの死を先延ばしにしていると確信してそのトリクイグモを神聖なものとしたからだ。あれこれ憶測して心を鎮めてくれるもののない、どうにも眠れない時間には、決まってトリクイグモがやって来る。部屋をでたらめに動き回り、ぎこちなく壁を上ろうとする。脚を止め、頭を上げ、触肢を動かす。そわそわし、目に見えない仲間の臭いをかいでいるように見える。

そんなとき、ひとり震え、その小さな怪物に追いつめられて、ぼくは、以前、ベアトリスを、そして無理なことだが彼女が一緒にいてくれることを夢見ていたのを思い出す。

転轍手

外国人は息せき切って人気(ひとけ)のない駅に着いた。誰も運ぼうとしなかった大きなスーツケースのせいでへとへとになっていた。ハンカチで顔をぬぐい、手をかざして、地平線に消えているレールを見つめた。落胆し、思案顔で自分の時計を見る。ちょうど、汽車が出るはずの時間。

誰かが、どこからともなく現れ、そっと彼の肩をたたいた。振り返ると、鉄道員っぽい恰好をした小柄な老人が前に立っている。赤いカンテラを手にしているが、とても小さくて、まるでおもちゃのようだった。老人が頬笑んでいるのを見て、旅行者は心配そうに訊く。

「すみません、汽車はもう出ましたか?」

「あんたはこの国に来たとこかね?」

「すぐに出発しなくてはならないんです。明日にはT.にいなくちゃいけないので」

「事情がまったく分かっておられないようですな。今すぐしなくちゃならんことは、旅行者向けの宿屋で寝場所を確保することです」。そして、宿屋というよりはむしろ刑務所みたいな妙な灰色の建物を指さす。

「でもぼくは泊りたいんじゃなくて、汽車で出発したいんです」

「すぐに一部屋お借りなさい、あればのことですが。借りられるんなら、月決めで契約することです、安くつくし、応対もよくなるから」

「どうかしてませんか？　ぼくは、明日にはT.にいなくちゃいけないんです」

「正直言って、あんたをあんたの運に任せるべきなのかもしれん。とはいえ、少し知ってることを話してあげよう」

「お願いします……」

「この国は、ご存じのように、鉄道で有名だ。今なおきちんと組織することができてないが、時刻表の発行と切符の発売といった点で大きな進歩があった。鉄道の時刻表は国中の町や村を載せ、そのすべてを結びつけているし、切符は、最も小さな辺鄙（へんぴ）な村に行くものさえ売られてる。あとはただ、汽車が時刻表に載ってる指示を守って実際に駅を通ることだけ。そうなることをこの国の住民は願ってる、とはいえ、運行が不規則であることを甘んじて受け入れてるし、愛国心からどんな不満も表に出さない」

「でも、この町を通る汽車はあるんでしょ？」

「ある、と断言するのは誤りを犯すも同然だろうな。お気づきかもしれんが、かなり傷んではいるものの、レールはある。地面にチョークで二本線を引いてレールとしているだけの町もいくつかある。現状を考えれば、ここを通らなくちゃいけないという義務はどんな列車にもないが、通れなくするようなものはなんにもない。わしは、これまでたくさんの汽車が通るのを見てきたし、知り合った旅行者の何人かはそれに乗り込むことができた。あんたが然るべきときまで待つなら、美しい快適な車両に乗る、その手助けをたぶんわし自身がすることになるでしょうな」

「その汽車はT.へ乗せて行ってくれますか？」

「で、どうしてきっちりT.でなくちゃいけないって言い張るの？　乗れたら満足すべきでしょうが。汽車に乗ったら、あんたの人生は実際どこかに向かう。それがT.の方向でなくても構わんじゃないか？」

「T.に行く正規の切符を持ってるんです。当然、僕はその場所まで乗せてってもらわなくちゃならない、でしょ？」

「ごもっとも、と誰もが言うでしょうな。旅行者用の宿屋じゃあ、用心して大量の切符を買い込んだ人たちと話ができるよ。たいてい、用意周到な人たちは、この国のあらゆる地点までの切符を買うもんです。切符に一財産つぎ込んだ人もいる……」

「T.に行くには切符は一枚でいいと思ったんです。これですが……」

「国鉄の次の区間はたったひとりの人物の金で造られるんだが、その人は、ある路線用の往復切符に莫大な資産を使い果たしたとこだ。でもその計画には、大規模なトンネルや橋が入ってて、まだ国鉄の技術者たちの承認が得られちゃいない」

「でも、T.を通る汽車は、すでに運行してるんでしょ？」

「その汽車だけじゃないんだ。実のところ、この国には汽車が実にたくさんあって、旅行者たちはかなり頻繁に利用できるが、運行はきちんとした決定的なもんじゃないということを頭に入れておかなくちゃならん。言ってみれば、汽車に乗るとき、行きたいところまで乗せて行ってもらえるなどと誰も期待しちゃあいない」

「どうしてそんなことに？」

「市民のためにつくそうという熱意から、国鉄はいくつか絶望的な措置をとらなくてはならん。通行不能な場所に汽車を走らせる。そうした遠征列車は目的地に着くまでに、ときには何年かかかり、乗客たちの生活にはいくつか重大な変化が起きる。乗客が死ぬのは珍しくはないが、国鉄はすべて予測しており、汽車には遺体安置車両と墓地車両を余分に連結している。運転士たちにとっては、乗客の遺体を――たっぷり香油をほどこして――乗客の持ってる切符が示す駅のホームに安置することが自慢の種となる。

ときには、そうした汽車は、レールが一本足りない区間を無理やり走る。車輪が枕木に当たる衝撃で無残に車両の片側がどこも揺れ動く。一等の乗客は――これも国鉄の先見の明の一つなんだが――レールのある側に坐る。二等の乗客はあきらめてその衝撃に耐える。しかし、両方のレールがない区間もある。そこでは乗客は、列車が完全に壊れるまで、平等に我慢する」

「えぇっ！」

「いいかね、F.村はそうした事故の一つがもとで生まれたんだよ。列車は通行できない土地に入った。車輪は砂で磨かれて、車軸まですり減った。旅行者たちは長いこと一緒に過ごし、やむをえずちょっとした話をするうちに固い友情が生まれた。そうした友情のいくつかはすぐに恋愛に変わり、その結果がF.になった。錆びついた汽車の残骸で遊ぶいたずら坊主たちのいっぱいいる進歩的な村に」

「ええっ、ぼくはそんな冒険には向いてません！」

「だんだん勇気を奮い起こしていかなくちゃならん。たぶんあんたは英雄になるかも知れん。旅行者たちが勇気や犠牲的精神を発揮するような機会はないと思ってはいかん。つい最近、二百人のありふれた乗客がわしたちの鉄道史上最も輝かしいページの一つを書いているんだよ。試運転でのことだが、たまたま、機関士がその路線の建設業者たちの重大な手抜きに、ぎりぎりのところで気づいた。その路線には底知れない大地の裂け目があって、それを越える橋がかかっていなかったんだ。さて、機関士は、バックするのではなく、乗客たちに熱弁をふるい、先に進むために必要な協力を取りつけた。彼の精力的な指揮の下、汽車はばらばらに分解され、乗客たちが裂け目の反対側まで背負って運んだんだが、さらにびっくりしたことに、その裂け目の底には水量豊かな川が流れていたんだ。国鉄は、その偉業の結果にとても満足して、橋の建造をきっぱり断念し、その付け足しの厄介事にあえて挑もうという乗客たちは魅力的な割引料金にすることにした」

「でもぼくは、明日にはT.に着かないといけないんです！」

「結構！　あんたが自分の計画をあきらめないのが気に入った。あんたは信念のある人のようだ。さしあたり宿屋に泊って、最初にやって来る汽車に乗りなさい。少なくとも、そうするようにしてみなさい、すると、大勢の人間が邪魔しようとするだろう。汽車が着くと、あまりにも長く待たされて苛立っている旅行者たちが、荒々しく宿屋から出てきて、大騒ぎで駅に押しかける。信じられないくらい礼儀と分別を欠いてるせいで、何度も事故を引き起こしてる。きちんと列になって乗るようなことはせず、ひたすら押しつぶし合うんだよ。少なくとも、他人が乗車するのをいつまでも邪魔しようとする。すると汽車は駅のホームで衝突している彼らをそのままにして行ってしまう。旅行者たちは、疲れ果て怒り狂い、たがいに相手の無作法をけなし、長いことののしり合ったり、殴り合ったりする」

「警察は介入しない？」

「それぞれの駅に警官隊を組織しようとしたが、汽車がいつ来るか予測できんことが、そうした隊を役に立たたん、ひどく金のかかるものにした。おまけに、その隊員たちは金に弱いところをすぐ見せ、手伝いと引き替えに持ちものを全部渡すような金持ちの乗客を出発させることに熱心だった。そこで、未来の乗客たちがエチケットの授業や適切な訓練を受ける、そんな専門学校みたいなもんが造られた。そこでは、運転中の、それも猛スピードで走っている汽車に乗り込むための正しい方法が教えられている。また、他の乗客たちにあばら骨を折られないよう鎧(よろい)みたいなものも与えられている」

「でも、汽車に乗ってしまえば、もう危険な目にあわなくてもすむんでしょ？」

「ある程度は。ただ、駅をよく注意して見るよう勧めるよ。T.に着いたと思う、ところが錯覚でしかないというようなことがあるかも知れん。ぎゅうぎゅう詰めの車中での生活を統制するため、国鉄はいくつか窮余の策をこうじざるを得ない。まったく見かけだけの駅がある。密林の真ん中に造られて、どこかの重要な都市の名前がついてる。でも、ちょっと注意するだけでそんなペテンは見破ることができる。そうした駅は舞台装置みたいなもんで、姿を見せてる人物たちにはおがくずが詰まってる。人形は悪天候にさらされた跡を簡単にさらけ出すが、実物そっくりのものもある。つまり、その顔には果てのない疲労の跡が浮かんでるんだ」

「幸い、T.はここからそんなに遠くありません」

「だが、今のところ直行する汽車はない。とはいえ、お望みどおり、あんたが明日にも到着するという可能性を除外することもない。鉄道組織は、出来が悪いものの、直行する旅の可能性を除外していない。いいかね、なにが起きてるのかまったく気づきさえしなかった人たちがいるんだ。T.に行く切符を買う。汽車が来る、乗る、そして翌日、『T.に到着しました』と運転士が告げるのを聞く。なんの心配もなく乗客たちは降り、実際T.にいる」

「そんな結果をもたらすよう、ぼくになにかできるものでしょうか?」

「もちろんできる。それが役に立つかどうかははっきりしないが。ともかくやってみなさい。T.に着くという確たる思いを抱いて汽車に乗るんです。乗客とは誰ひとり、付き合わないようにしなさい。自分たちの旅の話であんたをがっかりさせたり、あげくに当局に告発したりしかねない」

「いったいなんの話ですか?」

「こんなご時世だから汽車はスパイをいっぱい乗せて走ってるんだ。そうしたスパイは、大部分がボランティアなんだが、国鉄の前向きな精神を育むことに一生を捧げている。ときどき人は自分がなにを言ってるのか分からないまま、話すために話していることがある。だが、彼らは、たとえどんなに単純なものであっても、一つの言葉が持ち得る、ありとあらゆる意味にすぐ気づく。このうえなく無邪気なコメントから罪となるような意見を引き出すことができるんだ。あんたがちょっとでも軽率なことを口にしようものなら、いきなり逮捕されるかもしれん。そうなったら、この先の人生を牢獄車両で過ごすか、それとも密林にぽつんとある贋の駅で降ろされるかだ。信念をもって旅行しなさい、食事はできるだけ少量にしなさい、そしてT.で見知った顔を見ないうちはホームに降りちゃいかん」

「でもT.に知り合いはひとりもいません」

「だったら用心に用心を重ねることです。きっと、道中、誘惑がいっぱいあるはず。窓から外を見れば、蜃気楼の罠に落ちかねない。窓には乗客の頭にありとあらゆる種類の幻覚を創りだすような巧妙な仕掛けが備えつけられている。気が弱くなたってその罠に落ちる。機関車から操作されるいくつかの機械が、物音や動きを使って、汽車が進んでいると思い込ませる。とはいえ、乗客たちが窓ガラスの向こうの魅力的な風景を眺めている間、汽車は何週間もずっと停まってる」

「で、それにどんな目的があるんです？」

「そうしたことはすべて、国鉄が旅行者の不安をやわらげ、移動しているという感覚をできる限り消したいという健全な目的でしていることなんです。いつか乗客が偶然に、全能なる国鉄の手に、完全に身を任せることを、そして、どこに行こうがどこから来ようがどうでもよくなることを願ってるんです」

「で、あなたは、よく汽車で旅をしたんですか？」

「わしか、わしは転轍手に過ぎん。実のところ、退職した転轍手で、古き良き時代を思い出しにときどきここにやって来る。わしは一度も旅をしたことがないし、したいとも思わん。でも旅行者たちが話してくれる。F.村の起源についてはあんたに話したが、汽車はその他にもたくさんの集落を創りだしたということをわしは知ってる。ときどき、列車の乗務員たちが謎めいた命令を受けることがある。彼らは、たいていは特定の場所の美しさを鑑賞するという口実で、乗客に車両から降りるよう勧める。乗客は、洞窟や滝、有名な遺跡の話を聞かされる。『これこれしかじかの洞窟を観賞していただくため、十五分停車します』と車掌は愛想よく言う。乗客たちがある程度離れると、汽車は全速力で逃げだす」

「で、乗客たちは？」

「しばらくはまごついてあちこちうろつくが、結局は集まって、居留地を創りあげる。そうした場違いな停留所は、文明からほど遠く、自然の恵みがたっぷりある適地に造られる。そこにはより抜きの若者たちが、とりわけたくさんの女性たちと一緒に置き去りにされる。あんたは、最期の日々を、絵のようにきれいな見知らぬ場所で若い娘と一緒に過ごしたくはないかね？」

小柄な老人は頰笑んでウインクし、優しく、悪戯っぽい目で旅行者を見つめた。その瞬間、遠くで汽笛が聞こえた。転轍手は跳びあがり、自分のカンテラでおかしな、むちゃくちゃな合図を送り始めた。

「汽車ですか？」と外国人が訊く。

老人は、おおあわてで、線路を走りだした。ある程度離れたところで、振り返って叫ぶ。

「あんたは運がいい！　明日、あんたは例の駅に着くよ。なんと言ったっけ、駅の名は？」

「X！」と旅行者は答えた。

その瞬間、小柄な老人はよく晴れた朝のなかに溶けた。しかしカンテラの赤い点は、汽車を出迎えに、無謀にもレールの間を走り、跳びはね続けた。

遠景では、にぎにぎしく降臨するかのように、機関車が近づいてきていた。

弟子

アーミンで縁どられ、銀と黒檀の分厚い飾りボタンのついた、アンドレス・サライノの黒いサテンの帽子は、僕がこれまでに目にしたいちばん美しい帽子だ。師匠はそれをヴェネツィアの商人から買ったが、まさしく王子にふさわしいものだ。僕の気分をそこなわないよう、彼は、旧市場を通るとき足を止め、この灰色のフェルトの縁なし帽を選んでくれた。そのあと、使い始めを祝いたくて、彼は僕たちをおたがいのモデルにした。

恨みを抑えつけて、僕はサライノの頭部を描いたが、それは僕の手がもたらした最良のものだった。アンドレスはその美しい帽子をかぶり、自分は十八歳にして絵画の巨匠なのだと思いながら、フィレンツェの通りを散歩する、そんなときの横柄な顔をしている。サライノは、自分の番になると、おかしな縁なし帽をかぶった、サン・セポルクロから来たばかりの田舎者といった雰囲気で僕の肖像画を描いた。僕たちの仕事を嬉しそうにほめたたえた師匠は、自身でも描く気になった。「サライノは笑い方を知っているが、罠にかからなかった」と彼は言った。そしてそのあと、僕のほうを見て、「おまえは美を信じ続けている。それはとても高くつくことになる。おまえの絵には足らない線は一本もないが、線があり余っている。紙を持ってきなさい。美がいかにして破壊されるか、おまえたちに教えてやろう」

彼は木炭で美しい人物の素描をした。天使の顔か、たぶんきれいな女性の顔。「見なさい、ここに美が生まれている。この暗い二つのくぼみは彼女の目だ、このかすかな線は口。顔全体は輪郭が足りない。これが美だ」。

そしてその後、ウインクをして、「美を終わらせよう」。そしてたちまちのうちに、線の上に線を引き、光と影の空間を創りながら、驚嘆する僕の目の前で、記憶を頼りにジョイアの肖像を描いた。まさにあの黒い目、まさにあの卵型の顔、まさにあのかすかな頬笑み。

僕がいっそううっとりしていると、師匠は手を止め、奇妙な笑い声を立て始めた。「わたしたちは美を終わらせた」と言う。「もうこのひどいカリカチュアしか残っていない」。理解できないまま、僕はその素晴らしい、翳（かげ）のない顔を眺め続けていた。突然、師匠はその絵を真っ二つにし、暖炉の火に放り込んだ。僕はびっくりして動けなかった。そしてそのとき、彼は僕には忘れられない、そして赦せないことをした。普段はとても無口な彼が不愉快な逆上したような笑い声をあげた。「さあ、早くしろ、おまえの思い人を火から救い出せ！」。そして僕の右手を取ると、それで厚紙のもろい灰をかき回した。ジョイアの顔が炎の中で最後に頬笑むのが見えた。

手を火傷して、声を出さずに泣いたが、サライノは師匠のひどい悪ふざけを騒々しくほめそやしていた。

でも僕は美を信じ続ける。大画家にはなれないだろうし、サン・セポルクロに父の道具を忘れたのも無駄だった。大画家にはなれないだろうし、ジョイアは商人の息子と結婚するだろう。でも僕は美を信じ続ける。

取り乱してアトリエを出て、あてもなく通りを歩き回る。美は僕のまわりにあり、フィレンツェの上には金と青の雨が降っている。ジョイアの黒い目に、ガラスのビーズの帽子をかぶったサライノの横柄な物腰に美が見える。そして川辺で立ち止り、無能な自分の二つの手を眺める。

光が少しずつ弱まり、鐘楼はその黒っぽい輪郭を空に浮かび上がらせる。フィレンツェの全景は、あまりに多くの線が集まる素描のように、ゆっくり暗くなる。どこかの鐘が夜の始まりを告げる。

僕はぞっとして体を触わってみる。そして、たそがれに自分が溶け込むのを恐れて駆けだす。最後の雲の中に、僕の心を凍てつかせる、師匠の冷たい失望した頬笑みが見えるように思う。そして、次第に暗くなっていく通りを、僕は人々の忘却の中に消えてしまうのだと確信し、うなだれてまたゆっくり歩き出す。

エバ

彼は、机や椅子、書見台の間をすり抜けながら、図書館で彼女を追い続けた。彼女は、ひどく犯されてきた女性の権利の話をしながら逃げていた。不条理な五千年が彼らを引き離している。五千年の間、彼女は容赦なく侮辱され、軽視され、奴隷の身分に追いやられてきた。彼は、打ち震えながら、とぎれとぎれの言葉で、とりとめもなく自分を素早く褒めそやすことで、釈明しようとしていた。

彼は、自分の理論を支えてくれる本を探したが、無駄だった。十六、十七世紀のスペイン文学に特化したその図書館は、名誉の概念やそうした類いのいくつかの戯言（たわごと）を云々する、敵の広大な兵器庫だった。

その若者は根気よく、J・J・バッハオーフェンを引き合いに出した。女性は誰もがその賢者を読まなくてはならない。なぜなら先史時代の女性の役割の偉大さを女性に取り戻させてくれるからだ。その賢者の本が手もとにあれば、彼は、世に知られていないあの文明の絵をその女の子に突きつけていたかもしれない。大地にはいたるところに胎内のような隠れた湿気があり、男が湖上住居を建てることでそこから立ち上がろうとしていたときの、女性に統治された文明の絵を。

だがこうしたことはすべて、その女性の心を動かさなかった。残念ながら歴史をふまえたものでもなければ、ほとんど実証することもできない、あの女家長制の時期は、彼女の恨みを増幅するようだった。彼女は、いつも本棚から本棚へと逃げ、ときには小さな階段を上がり、侮辱の雨を降らせてその若者を圧倒していた。幸い、その敗北の中で、何かが青年を助けに駆けつけた。突然彼はハインツ・ヴォルペを思い出す。その著者を引用することで彼の口調は新たな力強いものとなった。

「初めには一つの性しかなかった。それは、明らかに女性であり、自動的に受け継がれていた。できの悪い存在が散発的に現れ始め、恐るべき母性を前にして不安定で不毛な生活を送る。しかし、それは少しずつ、本質的な器官をいくつか手にしていった。そしてそれなしには済まされない瞬間があった。女性は、遅ればせながら、自分の要素の半分がすでに不足し、その要素を男性の中に探す必要があるということに気づいた。男性は、その進歩的な分離のおかげで、そして自らの原点に偶然回帰したおかげで男性となった」

ヴォルペの論文はその女の子を魅了した。彼女は優しく若者を見つめた。「男は、歴史上ずっと母親にひどい仕打ちをしてきた子供なんだ」と、目を潤ませて、彼女は言った。

彼女は、すべての男を赦しつつ、彼を赦した。その視線は輝きを失くし、彼女はマドンナのように目を伏せた。前は軽蔑でこわばっていた口は、柔らかく、果実のように甘くなった。彼は、彼女の手と唇から神話的な愛撫が生まれるのを感じていた。身震いしながらエバに近づくと、エバは逃げなかった。

そしてその図書館で、その複雑な否定的な舞台で、機知に富んだ文学の本が並ぶ、その足もとで、湖上住居での生に似た千年のエピソードが始まった。

村の女

朝、ドン・フルヘンシオは、もうひと眠りするために、頭を右に向けようとした。すると、懸命に動かさなくてはならず、枕を角で突いた。彼は目を開けた。そのときまでなんとなく疑っていたことが、まったく疑いようのない鋭い事実となった。

ドン・フルヘンシオが首を力強く動かして頭を上げると、枕が宙に飛んだ。鏡を前にして、自分が縮れ毛の後頭部と見事な頭角のすばらしい見本となっていることに称賛を押し隠せなかった。額に深々と差し込まれた角は、根元は白っぽく、中間は碧玉模様、先端は漆黒だった。

ドン・フルヘンシオがまず思いついたのは、帽子をかぶってみることだった。だが、いらいらして、それを後ろに放り投げねばならなかった。空威張りしているように見えたからだ。

角があるからといって、几帳面な男が自分の行動の流れを中断するに足る理由にはならず、ドン・フルヘンシオは、足先から頭まで、入念に、自分を飾りつける作業に取りかかった。靴を磨いたあと、ドン・フルヘンシオは自分の角に軽くブラシをかけた。それ自体、もう光り輝いていたが。

彼の妻はすばらしく如才なく朝食を出した。驚いた様子はまったく見せず、気高く勇敢な夫を傷つけかねないようなことは一切、ほのめかさなかった。せいぜい、穏やかなおどおどした視線が、尖った角の先にあえてとまらないかのように、一瞬、宙を舞うくらいだった。

玄関でのキスは、闘牛の肩に打つ、色リボンのついた短い矢みたいなものだった。そしてドン・フルヘンシオは、新たな人生に立ち向かうつもりで、体を揺すりながら通りに出た。人々はいつものように彼に挨拶をしたが、若者に道を譲られたとき、ドン・フルヘンシオは、その若者が闘牛士のように身をかわしたことに気づいた。そしてミサから戻ってきた老婆が長い蛇のように広がる、陰険なすごい目つきでちらっと彼を見た。彼は気分を害し、文句を言おうとしたが、そのフクロウは、退避所に逃げ込む闘牛士のように、自分の家に入った。ドン・フルヘンシオは、すぐさま閉められたドアにぶつかり、目から火が出た。角は、一つの外見などというものではなく、彼の骨格が最後に分岐したものとなっていた。彼は足の先まで衝撃と屈辱を感じた。

幸い、ドン・フルヘンシオの職業は傷つくことも行き詰まることもまったくなかった。客たちは熱狂的に彼のもとに駆けつけた。攻撃と防御の面で彼の攻撃的な性格がいっそうはっきりしていったからだ。訴訟の当事者たちは角のはえた弁護士の助けを求めて遠方からやってきた。

だが、その村の平穏な生活は、彼のまわりでは、喧嘩と焼印押しにあふれる闘牛祭の息が詰まるようなリズムを帯びた。そしてドン・フルヘンシオは、ささいなことで、右に左に、皆に突っかかっていた。本当のことを言えば、誰も彼の角に嫌みを言わなかったし、誰も見さえしていなかった。だが微々たる不注意につけこんで、誰もが彼に辛辣なことを言った。少なくとも、最も臆病な者たちは、からかうような華麗な闘牛のかわし技をすることで満足した。中世からの血統を受け継ぐ何人かの紳士は、高慢で名誉のある高みに立って、ドン・フルヘンシオにたっぷり嫌みを言う機会を軽んじなかった。日曜セレナーデと国民の祝日は、ドン・フルヘンシオのおかげで、その場の勢いで騒々しい牛追いをするための口実となったが、彼は怒りに我を忘れ、最も向う見ずな闘牛士たちを押しつぶした。

ケープを両手で広げて待ち構える、宙で大きく回したり、あるいは頭上で回したりする、そんな動作に目まいがし、見得を切ったり、ムレータを巧みにさばいたり、突進する力をそいだりする、そんな動作に悩まされて、ドン・フルヘンシオは正念場を迎え、危険な角の突き上げに熟達し悪癖に染まった獰猛な獣に変わった。彼はもうどんなパーティにも公の儀式にも招かれなくなり、妻は夫が気難しいせいでひっそり暮らさざるをえないことを苦々しく嘆いていた。

突かれたり、槍や銛で刺されたりして、ドン・フルヘンシオは毎日の流血や日曜の派手な出血を楽しんだ。しかし出血はいずれも体の内部に、恨みで膨らんだ心臓に向かっていた。

ミウラの牛のように太い彼の首は、血の気の多い人間たちの突然死を予感させた。ずんぐりした怒りっぽい男は、休息も節食もできずに、四方八方に襲いかかり続けていた、そしてある日、自分のお気に入りの場所に向かって小走りしながらアルマス広場を横切っているとき、ドン・フルヘンシオは、遠くのラッパの音に足を止め、どぎまぎして頭を上げた。その音は、まるで耳をつんざく激しいにわか雨のように彼の耳に入り、近づいてきていた。かすんだ目には、自分のまわりに巨大な闘牛場が広がるのが見えた。闘牛士のきらびやかな服をまとった隣人たちでいっぱいのヨシャファトの谷みたいだった。そのあと鬱血が、まるで肩甲骨の間へのとどめの一突きのように、彼の背骨にめり込んだ。そしてドン・フルヘンシオは、短剣でとどめを刺されることもなく、足を上にして転がった。

よく知られたその弁護士は、自らの職業にもかかわらず、遺言を下書きのままで残した。そこには、驚くべきことに、懇願するような調子で、死んだとき、鋸（のこぎり）であれ、鏨（たがね）と金槌（かなづち）であれ、角を取ってほしいという最後の願いが書かれていた。しかし胸を打つ彼の要望はおせっかいな大工の勤勉さによって裏切られた。その大工は、左右に派手な膨らみのある特別な棺を彼に贈ったのだ。

遺体が引き出されるとき、村中の人が、ドン・フルヘンシオの勇猛さの思い出に心動かされて、彼に付き添った。そして供物や葬儀、未亡人の顔をおおうベールといった悲しみの極みにあるにもかかわらず、埋葬には何となく陽気で楽しげな仮装行列のような雰囲気があった。

ロードスのシネシウス

ポール・ミーニュの『ギリシア教父』のうんざりするようなページには、偶然の天使たちが統べる地上の帝国を公言したロードスのシネシウスのおぼろげな記憶が埋もれている。

オリゲネスは、いつものように誇張して、天上の構成の中で極端な重要性を天使たちに与えた。敬虔なアレクサンドリアのクレメンスは、我々の背後に守護天使がいることを、彼の立場としては、初めて認めた。そして小アジアの初期キリスト教徒たちの間では、多様な位階制に対する度を越した愛着が広まった。

世に知られていない、異端の天使学者たちの集まりの中に、グノーシス主義のヴァレンティヌスと幸福感に浸りきったその弟子、バシレイデースが、悪魔のような輝きをともなって姿を現す。彼らは熱狂的な天使信仰を助長した。二世紀半ばに彼らは、ディナミスとソピアーという美しい科学的な名をもつひどく重たい現実的な人間たちを地上から持ち上げようとした。人類の不運は、その二人の獣のような子孫のおかげである。

ロードスのシネシウスは、先人たちほど野心的でなく、教父たちが考えたとおりに天国を受け入れ、そこから天使たちを除いただけだった。天使たちは私たちの間に生きている、そして私たちは彼らに、人間の偶然の出来事に対する唯一の権利所有者、分配者として、直接祈りを捧げなくてはならない、と彼は言った。至高の命令によって、天使たちは人生の無数の偶然を誘発し、分散し、運搬する。天使たちは、加速度的な、そして明らかに恣意的な動きでそれをたがいに交差させ、混じり合わせる。だが、神の目から見ると、彼らは星をちりばめた夜空よりもはるかに美しい、複雑なアラベスク模様の布を織っている。その偶然の図柄は、永遠の視線の前で、世界の冒険を語る謎めいた不可思議な符号に変わる。

シネシウスの天使たちは、無数の速い杼のように、時の始まりから、人生の横糸を織っている。絶えずあちこち飛び回り、互いに通じ合う無限の脳の中で、意志や考え、経験や思い出を持ってきたり、持っていったりするが、その脳の細胞は人間のはかない人生とともに生まれ、死ぬ。

マニ教のブームに惹かれて、ロードスのシネシウスは、自分の理論の中に魔王の軍勢を入れることに異議はなく、悪魔たちを破壊活動者として受け入れ認めた。彼らは天使たちが横糸を通す縦糸を複雑にする。私たちの思考のいい糸をちぎり、純粋な色を変え、絹や金銀をくすね、粗悪な布に差し替える。そして人間は神の目の前に嘆かわしいタペストリーを差し出すが、そこでは、悲しいことに元の図柄の線が変わっている。

シネシウスは、良き天使たちの側に立って働いてくれる者たちをいつも募っていたが、評価に値する後継者はいなかった。ミレーウェのファウストゥス、すでに年老い衰えていたこのマニ教の総大司教は、アウグスティヌスによって決定的に打ち負かされたあの忘れられないアフリカ会談からの帰路、ロードスに滞在してシネシウスの説教に耳を傾けたが、シネシウスは将来性のない自らの主義主張のために彼を味方に引き入れようとした。ファウストゥスはその天使論者の請願に老人らしく寛容に耳を傾け、壊れかかった小さな船を借り上げることを承諾したが、その唱道者は大陸での事業に向けて自らのすべての弟子とともに無謀にもその船に乗り込んだ。嵐になりそうなある日、彼らはロードスの海岸から離れたが、それ以後の彼らのことは何一つ知られることがなかった。

シネシウスの異説は評判にならず、はっきりとした航跡を残さないまま、キリスト教の水平線に消えた。公会議で公式に非難されるという栄誉を得ることさえなかった。コンスタンティノープルの総大司教エウチュケスは宗教会議に『シネシウスに抗して』というタイトルの長々しい反論を提出したが、誰も読まなかった。

彼のはかない記憶は、ポール・ミーニュの『ギリシア教父』というページの大洋で難破している。

反抗的な人間の独り言

M・Aへのオマージュ

大きな蠟燭の揺らめく光の下で通夜をしている最中、父親を失くした娘と関係を持った（ああ、これを他の言葉で言えるものなら！）

この世では隠し事などできないもので、それが意地の悪い鼻眼鏡を通して今世紀を見ている老人の耳に入ることとなった。僕が言っているのは、代書人のナイトキャップをかぶってメキシコ文学を取り仕切り、無能な町の警官を前に、通りの真ん中で、怒りにまかせて僕を杖で何度も強くたたいた、あの老人のことだ。鋭く猛々しい声で発せられる罵詈雑言の辛辣な雨を浴びもした。それもこれも、あの無礼な長老が――とっとと消え失せろ！――この先僕を忌み嫌うその優しい女の子に惚れていたせいだ。

哀れなものだ！　洗濯女さえ、無邪気な恋が長く続いていたのに、もう僕を嫌っている。そしてその美しい相談相手のことを人は僕のドゥルシネアと言うが、彼女は自分の詩人のつらい心の嘆きをもはや聞こうとしなかった。僕は犬にさえ軽蔑されているのだと思う。

幸い、そんなひどい陰口は僕の愛する読者まで届きはしない。僕は慎み深い若い女性たちや実証主義を信奉するよぼよぼの老人たちから成る愛読者のために歌う。彼らにはひどい噂は届かない。彼らは俗塵からとても離れている。彼らにとって僕は、尊大な三行詩で神を呪い、長い金髪で彼らの涙をぬぐう蒼白い青年であり続けている。

僕は未来の批評家たちに借りだらけだ。持っているもので償うしかない。僕は使い古されたイメージの袋を受け継いだ。先祖の金を浪費するものの、自力では財産を築けない放蕩息子の部類に属している。自分の身に起きたことはいずれもメタファーでくるんで受け入れた。そして、僕の空っぽの魂で突然神の胚芽が育ち始める、そんな孤独な夜のすごい冒険を誰にも話すことができなかった。

僕を笑いものにして苦しめる悪魔がいる。僕の書くものはほぼすべて、彼が僕に書きとらせているものだ。そして僕の無防備で哀れな魂は詩節の洪水の中で溺れている。

もう少し衛生的で道理にかなった生活を送れば、来るべき世紀には元気になるかもしれない、それはよく分かっている。そこでは新しい詩が、この惨憺たる十九世紀から助かることのできる人たちを待っている。でも、僕は自分を繰り返し、そして他人を繰り返す運命にあるのだと思う。

もう僕はそのときの自分の役割を思い描いているし、いつものように品よく僕にこう言う若い批評家が目に浮かぶ。「すみませんが、よろしければ、もう少し後ろです。あそこ、わが国のロマンチシズムの代表たちの間」

そして髪をクモの巣だらけにした僕は、八十歳にして、ますます空ろな役に立たないものになっていく詩で昔の風潮を代表し続けるかもしれない。いやだ。「もう少し後ろへ、お願いします」と言わないでもらいたい。今から僕は立ち去る。つまり、僕はここに、ロマンチックな人間が憩うこの快い墓に留まりたい。折れた芽、懐疑主義の凍てつくような突風で吹き飛ばされた種という僕の役割に帰着して。あなたがたの善意に感謝します。

いずれ、バラ色の服を着た若い女性たちは、百年を経たアウェウェテの木の根元で僕のために泣くことだろう。僕の強がりを喜ぶ実証主義の老いぼれはきっといるだろう、それに、僕の秘密を理解し、秘かに一粒の涙を流してくれる意地の悪い若者も。

名声は、十八歳のときには愛したが、二十四歳では、墓穴の湿気の中で腐り、悪臭を放つ花輪のようなものに思える。

本当に、悪辣なことを何かしてみたいが、何も思いつかない。

少なくとも、自分の部屋だけでなく、メキシコ文学全体を通して、あなたがた、皆さんの健康を祝して乾杯しようとする酒が放つ、この苦いアーモンドの臭いが少し広がってほしいのだが。

驚異的なミリグラム

……驚異的なミリグラムを動かすだろう
――カルロス・ペジセール

持ち帰る荷が軽いこと、そして、よくぼんやりしていることを咎（とが）められた一匹のアリが、ある朝、ふたたび道からそれたとき、一つの驚異的なミリグラムを見つけた。

アリは、その発見の重大さを立ち止って考えることもせずに、そのミリグラムを拾いあげ、背負った。自分にぴったりの荷とわかって大喜びする。その物体の理想的な重さがアリのからだに奇妙な活力を与えた。鳥のからだにおける羽の重さみたいなものだったからだ。じっさいのところ、アリたちの死を早める原因の一つは、自分自身の力を過信することにある。穀物倉庫で一粒のトウモロコシを渡したあと、それを一キロメートル運んできたアリには自分の屍（しかばね）を墓場まで引きずっていけるような力はほとんど残っていない。

発見をしたそのアリは、自分の幸運に気づいてなかったが、その歩みからはお宝を抱えて逃げる者が不安にかられて急いでいるようなところが見てとれた。名誉挽回という漠然とした、まっとうな思いがアリの胸をふくらませはじめていた。たっぷり回り道をして楽しんだあと仲間たちの列に加わったが、誰もが、日が落ちるときに、その日求められた荷、つまり、慎重に切り取られたレタスの葉の小さな断片を持ち帰ってきていた。アリたちの道は、とても小さな緑の、細くて輪郭のはっきりしない稜線を形作っていた。誰ひとり騙されなかった。そのミリグラムはその完璧な均一性の中ではひどく調和がとれていなかったからだ。

アリ塚に入ると、事態は深刻になり始めた。入口の警備員たち、そしてありとあらゆる地下道に配置された検査官たちは、その奇妙な荷に対して次第に真剣に異議を唱えるようになっていった。「ミリグラム」「驚異的な」という言葉は別々に、ここかしこで何匹かの事情通の口で響いた。やがて、堂々たるテーブルを前に真面目な顔で坐っている主任検査官が、当惑するそのアリに皮肉っぽくこう言って、その二つを結びつけようとした。「おそらくあなたはわたしたちに一つの驚異的なミリグラムを持ってきたのです。心から祝福しますが、わたしの義務は警察に通報することです」

治安当局の官吏というのは、驚異とミリグラムの問題を解決するには最も不向きな者たちであり、刑法で想定されていないその事例に直面すると、ありきたりの法令に則って処理し、そのミリグラムもろともアリを監獄にぶち込んだ。被告の前歴が最悪であったため、訴訟が合法的な手続きであると判断された。そして所轄機関がその一件を担当した。

司法手続きにはつきものの遅さはそのアリの焦燥感とは相容れず、そのアリの奇妙な行動は担当弁護士たちの気分さえ害することになった。次第に深まっていく確信に導かれるようにして、そのアリは自分に向けられるありとあらゆる質問に横柄に答えた。自分の訴訟ではひどく重大な不正がなされているという噂を広め、わたしの敵たちはすぐさまわたしの発見の重要性を認めなくてはならなくなる、と表明した。そうした不適切な言動がもとで現行のありとあらゆる制裁を受けることとなった。傲慢さが極まり、こんなにばかなアリ塚の一員であることが情けない、とそのアリは言った。そんな言葉を耳にして、検事は大声で死刑を求刑した。

そうした状況下、被告の精神異常を明らかにした、著名な精神科医の報告書がそのアリを救うことになった。夜、服役囚は、眠るどころか、自分のミリグラムをひっくり返しはじめ、慎重に磨き、そして長時間、恍惚として見入っていた。昼間は、狭くて暗い独房の中で、それを背負ってあちこちしていた。すさまじい興奮に駆られたそのアリの生の終わりが迫った。その興奮のあまりのひどさに、当直の看護師は、監房を替えてくれ、と三度頼んだ。監房はそのたびに大きくなったが、そのアリの興奮は利用できる空間に合わせてひどくなった。そのアリの混乱した最期の光景を眺めに来る物好きなアリたちの数は次第に増えていったが、そのアリはまったく気にしなかった。食べるのをやめ、新聞記者たちと会おうとはせず、完全な沈黙を保った。

当局は気のふれたアリをとうとうサナトリウムに移すことに決めた。だが、役所の決定は常に緩慢さを患っている。

ある日の夜明け、看守は、独房が静かで、奇妙な輝きに満ちていることに気づいた。まるでダイヤモンドが自らの光で輝いているかのように、驚異的なミリグラムが床で光り輝いていた。その近くでは勇敢なアリが、足を上にして、衰弱し透明になっていた。

そのアリの死とミリグラムの驚異的な力のニュースがすべての地下道に洪水のように広まった。訪問者の隊列がいくつも、にわかに光り輝く礼拝堂と化したその独房にやってきた。アリたちは絶望して床にうつぶした。ミリグラムの光景に圧倒された目からは涙があふれ出たが、その多さに葬儀の準備は排水の問題で厄介なものとなった。充分な献花がないためにアリたちは倉庫を荒らし回って、犠牲者の遺体を食べ物の山でおおった。

アリ塚は、称賛と誇り、そして悲嘆の入り混じった何とも形容しがたい日々を送った。ダンスや宴会だらけの豪華な葬儀が計画された。ミリグラムのための神殿の建設が即刻始まり、真価を認められないまま殺されたアリは、霊廟の建立という栄誉を受けた。当局は糾弾され、その無能さを非難された。

まもなく、長老会議が機能し、長引く乱痴気騒ぎの儀礼の時期をなんとか終わらせることができた。生活は無数の銃殺のおかげで正常な流れに戻った。そのとき、最も聡明な長老たちは、ミリグラムが呼び起こした熱狂的な称賛の風潮を、公認の宗教の形態へと次第に厳格に導いた。管理者や司式者たちが任命された。神殿のまわりには輪を描くように巨大な建物がそびえたっていったが、巨大な官僚制度がそれを厳格な序列によって占拠し始めた。繁栄するアリ塚の収容能力は危うくなった。

最悪なのは、表面上一掃された無秩序が潜伏して不気味に生き残り、育まれていたことだった。外見上、そのアリ塚は、労働と信仰に専念して、こぢんまりとした落ち着いた生活を送っていたが、大勢の官吏は日ごと評価の低くなるような仕事をいつもしていた。どのアリが最初に忌まわしい考えを抱いたのか、という問いに答えることは不可能である。おそらく多くのアリたちが誘惑に負けて、同時に思いついたのだ。

いずれにしても、罰あたりにも、発見者であるアリの身分の低さをよく考えた、野心的な無分別なアリたちがいた。彼らは、栄誉ある亡きアリに与えられるありとあらゆるオマージュはすべて、存命中に、自分たちに与えられる可能性があると予見した。彼らは不審な行動をとりはじめた。ぶらつき、ふさぎ込み、わざと道から外れ、何も持たずにアリ塚にもどった。傲慢さを隠すこともなく、検査官たちに口答えをし、しばしば病気と思わせたり、すぐにあっと驚くような発見をする、と告げたりした。そして当局そのものが、そうしたおかしなアリたちの一匹が、思いもよらないときに、その弱々しい背中に一つの驚異を載せてもどってこないようにさせることができなかった。

厄介なアリたちは秘密裏に、いわば勝手に、行動していた。全体的な取り調べが可能であったなら、当局は、アリたちの半数は、わずかな穀物や傷みやすい野菜には見向きもせず、ミリグラムの腐敗しない物質ばかりを気にしているという結論に達していたことだろう。

ある日、起こるべきことが起きた。まるで示し合わせていたかのように、最もまともに見えるような平凡な六匹のアリがそれぞれ奇妙なものをアリ塚に持ち帰り、大方の期待を受けて、それを驚異のミリグラムと見なさせた。当然、望んでいたような栄誉は受けられなかったが、その日、どんな勤務も免除された。そしてほぼ内々の式典で、終身年金を受け取る権利が与えられた。

その六つのミリグラムについて、はっきりしたことは何も言えなかった。当局は、過去の軽率さを思い出し、いかなる司法上の判断もしないことにした。長老たちは審議から手を引き、住民に広範な判断の自由を与えた。ミリグラムと想定されるものは目立たない片隅に置かれたショーケースの中で民衆の称賛に供され、すべてのアリが自らの信頼できる知識と理解に従って意見を述べた。

当局側のこうした弱みは、評論家たちのうしろめたい沈黙とあいまって、アリ塚の没落を速めた。その先、どんなアリも、仕事で疲れ果てたり怠け心にそそのかされたりすると、自分の名誉心を、隷属的な義務を免除されて終身年金を手にすることだけに向けることができた。そうしてアリ塚は贋（にせ）のミリグラムにあふれ始めた。

良識のある長老たちの何匹かが、秤（はかり）を使うこと、そして新たなミリグラムを一つひとつオリジナルのミリグラムと綿密に照合するといった予防策を勧めたが、無駄だった。誰も耳を貸さなかった。彼らの提案は、会議で審議されることさえなかったし、堂々と大声で私見を述べる一匹の蒼白い痩せたアリの言葉で終止符が打たれた。その罰あたりなアリによると、名高いオリジナルのミリグラムがどれほど驚異的であっても、それを品質の先例とするいわれはない。驚異的であるということを、いかなる場合においても、新たに発見されたミリグラムに必然的な条件として課すべきではない。

アリたちに残っていたわずかばかりの慎重さはたちまちのうちに消え去った。以後、当局は、アリ塚がミリグラムという名で日々受けとりうる品物の数量を制限したり削減したりすることができなかった。いかなる拒否権も否定され、そして、それぞれのアリに自らの義務を果たさせることすらできなかった。アリたちは皆、ミリグラムを探索することで、労働者という身分から逃れようとした。

こうした種類の品物のための倉庫は、アリ塚の三分の二を占めるようになった。そこには私的なコレクションを数に入れていないが、そのいくつかは収集品の価値で有名だった。ありふれたミリグラムに関して言えば、価格がひどく下がり、大量に出回る日にはただ同然で手に入れることができた。ときには逸品がアリ塚に来ることがあるのを否定してはならない。だが、そうしたものは最悪のがらくたというレッテルを貼られた。大勢の愛好家たちは、最低品質のミリグラムの美点を称揚することに専念したため、全体的な混乱が助長されることとなった。

多くのアリたちは、正真正銘のミリグラムを発見できなくてやけになり、いかがわしいものやごみを持ち帰った。地下道全体が衛生上の理由で閉鎖された。一匹の常軌を逸した者が手本となって翌日には何千もの模倣者が生まれた。審議会の長老たちは、大変な努力を払い、そして良識の蓄えを残らず用いて、自らを当局と呼びつづけ、統治しているというそぶりを漠然とながら見せていた。

官僚や祭礼の責任者たちは、ゆとりのある自分たちの状態に満足せず、オフィスや寺院を放棄してミリグラムの探索に乗り出し、給料や栄誉を増やそうとした。警察は存在しないも同然となり、暴動や革命が日常的になった。プロの強盗団はアリ塚の近くで待ち伏せ、高価なミリグラムを持ち帰る幸運なアリたちから略奪した。恨みを抱く収集家たちはライバルを告発したり、ボディーチェックや接収に対する仕返しをするために長い裁判を起こしたりした。地下道内の口論はすぐ喧嘩となり、それが殺害になった……。死亡率はぞっとするような数字となった。出生数は憂慮すべきほどに減少し、赤ん坊は、適切に世話をされず、大勢が死んだ。

本物のミリグラムを保管する神殿は忘れられた墓となった。アリたちは、最も物議をかもす掘出し物をめぐって口論することに忙しく、訪れさえしなかった。ときおり、立ち遅れた信心深いアリたちが、そこが荒れ果て放置されていることに対して当局の注意を促した。それで得られるものはせいぜい少し掃除することだった。六匹の無礼な道路掃除のアリたちが何回かほうきで掃いているあいだ、よぼよぼの長老たちは長々しい演説をぶったり、アリの墓を純然たるごみでほぼできているような嘆かわしい供物でおおったりしていた。

無秩序の暗雲に埋もれて、驚異的なミリグラムは忘却の中で輝いていた。恥ずべき噂が流れ始めるようにさえなった。冒瀆者の手にかかって盗まれた、悪質な複製が正真正銘のミリグラムに取って代わった、本物はすでにミリグラムの商売で金持ちになった赦しがたいアリのコレクションの一部になっている。それは根拠のない噂だったが、誰も気をもむことも心を痛めることもなかった。誰も噂を終わらせるような調査を行わなかった。そして審議会の長老たちは、日々衰弱し病気がちになっており、切迫した災厄に手をこまねいていた。

冬が近づいてきており、先のことを考えないアリたちの熱狂を死の脅威が鎮めた。食糧危機を前にして、当局は、大量のミリグラムを裕福なアリたちが作っている隣の共同体に売りに出すことにした。彼らは、わずかばかりの野菜や穀物のために、本当に価値のあるいくつかのミリグラムを手放すことしかできなかった。だが、ひと冬を過ごすのに充分な食料とオリジナルのミリグラムとを交換しようという申し出があった。

破産状態にあるそのアリ塚は、頼みの綱のように、そのミリグラムにすがりついた。果てのない会議や討論のあとには、すでに飢餓が富裕なアリたちを利するために生存者の数を減らしていたが、その富裕なアリたちは、驚異の持ち主たちに自分の家の門戸を開放し、彼らがどんな仕事も免除されたまま最期を迎えるまで扶養する義務を負った。外から来た最後のアリが死ぬと、ミリグラムはバイヤーたちの所有物になるのだろう。

新たなアリ塚でまもなく起きたことを言う必要があるだろうか？　滞在客たちは伝染性の偶像崇拝の菌をそこにまき散らした。

現在、アリたちは世界的な危機に直面している。伝統的に現実的で実利的な自分たちの習慣を忘れ、いたるところで遠慮もなくミリグラム探しに没頭している。アリ塚の外で食事をし、軽くて目もくらむようなものしか蓄えない。おそらく動物学上の種としてはすぐに姿を消し、アリたちの古くからの美徳の思い出は、二、三の役立たずの寓話の中にしまい込まれて、わたしたちに残されることだろう。

ナボニドゥス

ナボニドゥスのもともとの意図は、ラブソロム教授によれば、バビロニアの考古学上の財産を単に修復することだった。彼は、以前、神殿の摩滅した石、英雄たちの不鮮明な石碑、帝国の文書に判読しがたい印影を残す環状の印章を悲しげに見たことがあった。彼は、それなりに倹約して、順序正しく修復にかかった。もちろん、材料の質にはこだわり、最もきめの細かい類似した粒の石を選んだ。

バビロニアの図書館を構成する八十万枚の銘板を新たに転写するという考えが浮かんだとき、彼は、写字生や版画家、陶工のための学校や作業場を創設しなければならなかった。軍の隊長たちの批判にも屈せず、行政職からかなりの数の職員や役人を引き抜いたが、隊長たちは、近隣の都市の妬み深い襲撃を前にして、勇敢な祖先が苦労して築いた帝国の崩壊をくいとめるために、写字生ではなく兵士を要求していた。しかしナボニドゥスは、何世紀も先を見ており、歴史が重要なものであることを理解した。彼は、決然として自分の仕事に専心したが、足元は崩れつつあった。

最も由々しいことは、すべての修復が完了したとき、ナボニドゥスはもはや歴史家としての自分の仕事をやめられなかったことだった。出来事には決定的に背を向け、それを石か粘土の上で述べることだけに専念した。この粘土は、彼が泥灰土とアスファルトを主にして創りだしたものだが、石以上に硬いものとなった。(ラブソロム教授はこの製陶用の練り土の製法を確立した。一九一三年、彼は、一連の謎めいた品々を発見したが、それは円筒、もしくは小さな円柱のようなもので、その不可思議な物質で表面が覆われていた。ラブソロムは、文書が隠されていると推測したが、文字を破壊することなくアスファルトの被膜を引きはがすことはできないことを悟った。そこで次のような手順を考え出した。のみで内部の石を取り除く、その後、研磨剤で文書の溝にたまっている残留物をぼろぼろにし、中空の円筒を手にする。彼は、部分的な型取りを繰り返すことで、元の文書を無傷のまま提示する石膏の円筒を作ることができた。ナボニドゥスは、偶像破壊の怒りを常日頃抱いている敵の侵入を見越して、こうした不可解な方法を続けた、とラブソロム教授は賢明にも主張している。幸い、彼には、自分の業績全部をそんなふうにして隠す暇がなかった。*)

大勢の作業員たちが力不足であり、歴史は速やかに進むこともあって、ナボニドゥスは言語学者、文法学者にもなった。彼は、速記術のようなものを創って、アルファベットを簡略化したかった。実際、彼は、ラブソロム教授に一連の新たな困難をもたらすような略語や省略、略号をあふれさせて、書き方を複雑にした。だがそのようにして、ナボニドゥスは、自分の時代に至るまで熱心に詳述することができた。そして彼は自分の過去の歴史と自分の略語の大まかな手がかりを書くことができた。だが、総合への意欲にあふれており、仮にこの話をナボニドゥスの最後の簡潔な仕事と比べるとするなら、この話は『ギルガメシュ叙事詩』と同じくらい長いものになるかもしれない。

彼は真偽の知れない武勲の物語をひとつ書かせもした——ラブソロムは、彼自身が書いたと言う——が、それは、彼が最初の敵兵の体に自分の豪華な剣を捨てたというもの。結局のところ、このような話は銘板や石碑、円筒を彫るためのもうひとつの口実だった。

しかし、ペルシャの敵対者たちは、夢想家の破滅を遠くから画策していた。ある日、ナボニドゥスが同盟を結んでいたクロイソスから緊急の伝言がバビロニアに届いた。歴史家である王は、円筒にその伝言と使者の名、日時、協定の条件を彫るよう命じた。しかしクロイソスの要請には応じなかった。その後、ペルシャ人たちは町を奇襲し、大勢の勤勉な写字生を追い散らした。不満を抱いているバビロニアの戦士たちは、ほとんど戦わなかった。そして帝国は滅亡し、その瓦礫から二度と立ち上がることはなかった。

歴史は、歴史の忠実な召使の死に関して、曖昧な二つの解釈を私たちに伝えている。ひとつは、ペルシャが侵略した悲劇的な時期に簒奪者の手にかかった、というもの。もうひとつは、捕虜となって、遠くの島に連れていかれたというもの。そこで、バビロニアの偉大さの一覧を回顧しながら、悲しみのあまり死んだ。この後者の解釈は、ナボニドゥスの温和な性格によく合っている。

＊（原注）このテーマを掘り下げたい人は、アドルフ・フォン・ピンヒェスの『ナボニドゥスの円筒』（イエーナ、一九一二）という大部なモノグラフを読むことが有益である。

ヘナロのすることは恐い。思いもよらない武器を利用する。僕たちの立場はひどく嫌なものになる。

昨日、食事をしているとき、彼は、妻を寝取られた（角が生えてる（コルヌード））男の話をした。実のところ、おかしかったが、アメリアと僕がばかにしていると思ったのか、ヘナロはわざとらしい大笑いをして、その話を台なしにした。「こんなに面白い話、他にないだろ？」と彼は言い、何かを探しているかのように、指をすぼめながら、手で額を撫でた。そして、ふたたび笑った。「角がはえてる（クエルノ）（浮気されてる）ってのはどんな感じかな？」。僕たちが当惑していることはまったく気にしていなかった。

アメリアはやけになっていた。僕はヘナロをののしり、本当のことをすっかり大声でぶちまけ、外に飛び出して二度と戻らない、そんな気になった。でもいつものように、何かが僕を思いとどまらせた。

アメリアはおそらく、耐え難い立場に打ちひしがれていた。

もうしばらく前から、僕たちはヘナロの態度に驚かされていた。彼はだんだん分別がなくなってきていた。彼は、信じがたい説明を受け入れ、僕たちのどうにも突飛な面会のための場所と時間を与えてくれていた。旅に出るという芝居を十回したが、いつも予定の日に戻った。彼がいないあいだ、僕たちは徒に自制していた。帰ってくると、ちょっとしたプレゼントを持っており、首筋のあたりにキスしたり、みだりがわしく僕たちを抱きしめ、度が過ぎるくらい長々と胸に押しつけたりした。そんなふうに抱擁されて、アメリアは、不快感から気を失った。

最初、僕たちは、たいへんな危険を冒していると思いつつ、びくびくしながら、することはしていた。いつなんどきヘナロに見つかるかもしれないという感じが、僕たちの愛を恐怖と恥ずかしさで染めていた。この意味では、ことは、わかりやすく、はっきりしていた。ドラマは、実際、罪に品を添えながら、僕たちの上で漂っていた。ヘナロはそれを台なしにした。今、僕たちは、どんよりした、濃くて重苦しいものに包まれている。まるで夫婦のように、うんざりして、嫌々、セックスをしている。僕たちは、ヘナロに我慢するというつまらない習慣を徐々に身につけてきた。彼がいるということが耐えられない。なぜなら僕たちの邪魔にならないから、それどころか、型にはまった行動を容易にし、疲れをもたらすからだ。

僕たちに食糧を持ってくる配達人が、ときどき、この灯台の廃止は事実です、と言う。アメリアと僕は、こっそり喜ぶ。ヘナロは明らかに悲しむ。「どこに行こうか?」と僕たちに訊く。「ぼくたち、ここでこんなに幸せなのに!」。彼はため息をつく。そのあと、僕の目を探りながら、「君はぼくたちと一緒に来いよ、ぼくたちがどこに行こうと」。そして憂鬱そうに海を見つめる。

悼んで（イン・メモリアム）

薄いオランダ紙に印刷したばかりのインクがかすかににおう、エンボス加工の革装の大型四つ折り判、そんな豪華本が、重い墓石のように、ビューセンハウゼン男爵未亡人の胸の上に落ちた。

気高い夫人は、ドイツの敬虔なアンシャル字体で組まれた二ページの献辞を涙ながらに読んだ。友人の助言に従い、亡夫の不滅の栄光である『性的関係の比較史』の全五十章を無視し、その衝撃的な一巻をイタリア製のケースに入れた。

ビューセンハウゼン男爵の著作は、そのテーマに関して書かれた科学書の中ではかなり大きな話題となって際立ち、一般の人々の中に熱狂的な読者を得ている。そしてその読者の幅の広さが最も厳格な研究者たちさえうらやましがらせている。（英語の抄訳はベストセラーになった。）

史的唯物論のリーダーたちにとっては、この本はエンゲルスの辛辣な反証にすぎない。神学者たちにとっては、洗練された地獄の円を嫌気の砂原に描く、一人のルター信奉者の努力。精神分析医たちは、大喜びで、いわゆる潜在意識の二千ページの海に潜る。彼らは忌まわしいデータを表面に引き出す。つまり、ビューセンハウゼンは、最もふしだらな激情に苦しむ魂の話を自ら没個性的な言葉に換える倒錯者であるという。そこには、彼のすべての戯言、好色な夢や秘密の罪があるが、そうしたものは、成功をおさめた、骨の折れる純化の過程で、常に、意外な原始的共同体に、その原因を帰せられている。

　専門の人類学者の限られた少数グループは、ビューセンハウゼンを仲間と呼ぶことを拒否している。しかし、文芸批評家たちは、彼にとって最高の果報を与えている。彼らは皆、その本を小説というジャンルの中に入れることに合意しており、マルセル・プルーストやジェイムズ・ジョイスを引き合いに出すことを惜しまない。彼らによれば、男爵は、空しくも、ひたすら、妻の寝室で失われた時間を求めていた。弱くて疑い深い、無垢な魂が、夫婦の焼けつくようなベーヌスベルクと本好きな修道士の凍てつくような洞窟とを行き来するのを、淀んだ数百ページが物語っている。

　いずれにせよ、この上なく誠実な友人たちは、平穏になるまで、外からの知らせを遮断する心温まる保護網をビューセンハウゼン城のまわりに張った。男爵夫人は、人気（ひとけ）のない豪壮な部屋で、歳にもかかわらず、いまだ衰えていない魅力を犠牲にしている。（彼女は、今は亡き著名な昆虫学者と存命する女流詩人の娘である。）

　ほどほどの天分をそなえた読者なら誰でも、その本から困惑させられるような結論を一つ以上引き出すことができる。例えば、結婚は、遠い時代に、族内婚のタブーを冒すカップルに課せられた罰として生じたというもの。罪人たちは、外では仲間たちがこの上なく自由な恋の無責任な悦びに身をまかせているあいだ、家庭(ホーム)に閉じ込められて、絶対的な親密さにそなわる無慈悲に苦しめられる。

ビューセンハウゼンは、鋭い洞察力を見せて、結婚をバビロニアの残酷さを特徴づける一面として定義する。そして彼の想像力は、幸いにもハンムラビ王以前の、サーマッラーの原始的な集会を説明するとき、うらやむべき高みに達する。人の群れは、狩猟や収穫の豊かな成果を分配し、共同社会の子孫たちの集まりを引きつれながら、楽しく、暢気(のんき)に暮らしていた。しかし、不法な、もしくは、早まった所有欲に負けた者たちは、望みの食物を過酷なまでに飽食することを余儀なくされた。

そこから現代心理学的な結論を導くことは、男爵が苦もなく実行する仕事である。人は禁欲的な気取りにあふれる、ある種の動物に属している。そして結婚は、最初はぞっとするような罰だったが、すぐに神経症患者たちの情熱的な訓練、マゾヒストたちの信じられないような気晴らしになった。男爵は、ここで留まらない。文明は夫婦の絆を固くするのにとてもいい働きをした、と付け加える。彼は、結婚を精神鍛練に変えるすべての宗教に讃辞を呈する。継続的な接触にさらされて、二つの魂は、最高の研磨度にまで仕上がる、もしくは埃に変わる可能性がある。

「科学的に考えれば、結婚は有史以前の碾臼(ひきうす)である。二つの回転する石が、果てしなく、消滅するまですりつぶし合う」。これは著者の言葉そのままである。だが彼は、男爵夫人が、ルター信奉者の、多孔質で石灰質の生ぬるい魂に、石英の性格、ワルキューレの一貫性で対抗していることを付けそこなっている。(今頃、未亡人は、ベッドの孤独の中で、碾臼の恐れを知らぬ放射状の歯を回して、粉々になった男爵の微細な思い出をすりつぶしている。)

ビューセンハウゼンの本はたぶん蔑視されるかもしれない。仮に、この本が、退屈、偽善、些細な憎悪、有害な憂鬱の犠牲であり、私たちのそばで死ぬ用意のできた他人の魂を考慮することはせずに、私たちの魂を救済する可能性に関する疑問で私たちを当惑させる、そんな古風な夫の個人的な躊躇や抑圧を含んでいるだけのものであるなら。重大なのは、男爵が自分の余談のそれぞれを大量の資料に依拠しているることである。最もばかげたページで、彼がファンタジーの深淵に目まぐるしく落ちていくのを見るが、そのとき、彼は、突然、難破した自分の手の中に、反論できない証拠をもって私たちの前に出てくる。客扱いのいい売春について話すとき、マリノフスキがマルケサス諸島で彼の期待に背いても、アルフ・テオドルセンがラップランドの凍える村から彼を救う。その点に関しては疑問の余地はない。男爵が間違えれば、科学は奇妙にも同調して彼とともに間違える、とわたしたちは認めなくてはならない。彼は、レヴィ＝ブリュールのあふれんばかりの創造的想像力にフレイザーの洞察力を、ヴィルヘルム・アイラースの正確さ、そしてときには、フランツ・ボアのこの上ない味気なさを付け加える。

しかしながら、男爵の科学的な厳密さはたびたび低下し、ゼラチンのようなページに取って代わられる。一節を越えると、読書はきわめてつらいものになり、ウェヌスの偽りの鳩が蝙蝠（こうもり）の翼をはばたかせるとき、あるいは、ピュラモスとティスベがジャムの分厚い壁をそれぞれの側でかじる物音が聞こえるとき、本は腹の底にこたえるような重苦しいものとなる。だが、研磨用の女性と碾臼の中で三十年過ごした男の過ちを赦すことはまったくもって当然のことである。人間の硬さという物差しでは、二人は多くの目盛りで一致することがなかったのであるから。

男爵の作品を世界史の、偽装されたポルノ的な新たな要約と判断する人たちの陽気な大騒ぎには耳を貸さず、私たちは、『性的関係の比較史』の中に、トロイヤ人気質の女性に捧げられた、家庭の壮大な叙事詩を見てとるような選ばれた精神の少数グループに加わった。完璧な妻、つまりグンヒルド・ビューセンハウゼン男爵夫人、旧姓マグネブルク＝ホーヘンハイム伯爵夫人、彼女に敬意を表して、何千何万という過激な考えが、敬虔なドイツのアンシャル字体で書かれた二ページの献辞の中に押し込まれて、降伏したのである。

バルタザール・ジェラール（一五五五－一五八二）

オラニエ公を殺しに行く。彼を殺し、その後、フェリーペ二世が彼の首に懸けた二万五千エスクードを受け取る。一人で歩いていく、金もなく、ピストルもなく、ナイフもなしに。犯罪に使う武器を買うために必要な金を当の犠牲者に求める、そんなタイプの暗殺者たちの先駆けとなりつつ。それがドールの若い大工、バルタザール・ジェラールの偉業だった。

低地諸国による過酷な迫害を受け、飢えと疲労で死にそうになり、スペインとフランドルの軍隊の中で無数の遅延に耐えながらも、彼は、彼の犠牲者までの道を切り開いた。疑念と回り道、退却に三年を費やし、ガスパール・アニャストロに先を越されるという屈辱に耐えなくてはならなかった。

ポルトガル人、ガスパール・アニャストロは毛織物商人で、想像力がないというわけではなかった。

とりわけ、二万五千エスクードという餌を前にすると。用心深い男で、犯罪の方法と日時を慎重に選んだ。だが、土壇場になって、自分の脳と武器の間に仲介者を入れることにした。フアン・ハウレギが彼のためにその武器をとった。

フアン・ハウレギは、二十歳の若者で、生まれつき臆病だった。しかしアニャストロは、巧妙に無理強いする方法を用いて、彼の心をヒロイズムにまで鍛え上げることができた。ただ、いまやその方法の秘訣はつきとめられない。おそらく英雄を主人公にした読み物でけむに巻いたか、魔除けを与えたか、意識的な自殺のほうへ秩序だって導いたか。

はっきりわかっていることは彼の雇い主が指定した日(一五八二年三月十八日)だけであり、誕生日を迎えるアンジュー公に敬意を払うためにアントワープで開催されたフェスティバルの間に、ハウレギは、随行団を不意打ちし、至近距離からオラニエ公ウィレムに向けて発砲した。しかし、どうにもばかな男は、ピストルの銃身の先端まで弾丸を詰め込んでしまっていた。その武器は手榴弾のように彼の手で爆発した。金属の破片が大公の頰を貫いた。ハウレギは、剣で荒々しくめった刺しにされて、随行団の間に倒れた。

十七日間、ガスパール・アニャストロは大公の死を待ったが、無駄だった。有能な外科医たちは、破れた動脈を昼夜の別なく自らの指でふさいで、出血を止めることができた。ウィレムは、結局命をとりとめ、そして、自分に宛てたハウレギの遺書をポケットに持っていたポルトガル人は、人生で最も苦い失望を味わった。彼は、未熟な若者を信用するという軽率さを呪った。

まもなく運命は、遠くからの悲報を受け取ったバルタザール・ジェラールに頰笑んだ。大公が生き延びていることが、その命はジェラールのためにとってあるように思え、そのときまで漠然とし迷いに満ちていた計画を続行するための新たな力を与えた。

五月、彼は、軍の特使として大公の前まで行くことができた。しかし、一本のピンすら持っていなかった。会見が続く間、どうにか絶望感をなだめることができた。心の中で、空しくも、そのフランドル人の太い首にやせ細った手をまわす稽古をした。それでも彼は新たな任務を得ることができた。ウィレムは彼に、前線に、フランス国境にある町に戻るよう指示したのだった。だがバルタザールはもはや、また諦めて遠ざかることなどできなかった。

落胆し、疑り深くなって、彼は、二か月の間、デルフトの宮殿のまわりをうろついた。従僕や料理人たちの機嫌を取りながら、ほとんど施しに頼るという、このうえなくみじめな生活を送った。しかし、彼の見慣れない哀れな顔つきが皆に不審感を抱かせた。

ある日、大公は宮殿の窓の一つから彼を見かけ、召使を差し向けて、彼の怠慢を叱責させた。バルタザールは、旅をするための衣服がない、靴はぼろも同然、と応えた。ウィレムは、心を動かされ、十二クラウンを彼に送った。

バルタザールは喜び、自分のような使者にとって道中は安全ではないからという口実で、見事なピストルを二丁求めて駆けずりまわった。それを入念に身につけ、宮殿に戻った。旅券が必要と言いながら、大公のところまで来て、うつろな不安げな声で自分の願いを述べた。大公は、中庭でしばし待て、と彼に言った。彼は、待っている間、建物をすばやく調べ、逃亡の計画を立てていた。

まもなく、オラニエ公ウィレムが、ひざまずいている人物に階段のいちばん上から別れの挨拶をしているとき、バルタザールは、隠れている場所から飛び出し、見事な狙いで発砲した。大公はいくつか言葉を発することができたが、瀕死の状態で絨毯の上に転がった。

混乱の中、バルタザールは宮殿の厩舎へ、囲い場へと逃げたが、体が弱っていたため、庭の塀を飛び越えられなかった。そこで二人の料理人に取り押さえられた。門番小屋に連れていかれると、堂々とした厳粛な態度を保った。彼の体からは数枚の敬虔な聖画と、待ち構える川や運河を渡るのに使うつもりの――泳ぎが不得手だった――二つのしぼませた浮き袋が見つかっただけだった。

当然、誰も裁判の遅延を考えなかった。群衆は国王殺害者の死を熱望した。しかし、大公の葬儀を考慮して三日間、待たなくてはならなかった。

バルタザール・ジェラールはデルフトの公共広場で絞首刑になったが、彼の前で激怒していた群衆を高い処刑台からばかにしたように見つめた。金槌(かなづち)を宙に飛ばした一人の大工のへまに頰笑んだ。その光景に心を動かされた一人の女性は、興奮した野次馬たちによってリンチを加えられそうになった。

バルタザールは、ヒーローとしての自分の役割に自信をもって、はっきりとした通る声で、お祈りをした。死に至る小さな階段を助けを借りずに上った。

フェリーペ二世は、二万五千エスクードの報奨を暗殺者の家族にきちんと支払った。

ベビー・H・P

奥様。あなたのお子様たちの活力をモーターのパワーにお変えください。既に私たちは、家計に革命をもたらすはずの器具、驚異的なベビー・H・Pを販売致しております。

ベビー・H・Pはとても耐久性のある軽い金属でできており、快適なベルト、ブレスレット、リング、ブローチによって幼児のデリケートな体に完全にフィットします。もう一つの骨格ともいえるこの製品は、枝分かれ構造になっているため、お子様の動作の一つひとつをキャッチし、必要に応じて、背中もしくは胸に取り付けられる小さなライデン瓶に向かわせます。一本の指針がその瓶がいっぱいになった瞬間を指し示します。そのとき、奥様は、その瓶を取り外して、特別なタンクにつなぎ、自動的に放電するようにしなくてはなりません。このタンクは家のどんな片隅にも置くことができますし、現在、そしていつまでもご家庭に押し寄せる数限りない装置の一つを動かすためだけでなく、照明や暖房のために絶えず使いうる電気の貴重な貯金箱とも言えます。

今後、奥様は、耐えがたい、お子様たちの活発さを別の目で見ることになります。激しい癇癪（かんしゃく）に直面しても、それはエネルギーの豊かな泉であると考えて、我慢がならなくなることはないでしょう。一日二十四時間の間、乳児が足をばたつかせると、それは、ベビー・H・Pのおかげで、数秒の有益なジューサーの渦に、もしくは十五分のラジオ放送の音楽に変わります。

大家族の方は、お子様たちのそれぞれにベビー・H・Pを取り付けることで、すべての電気需要をまかなうことができ、余分のエネルギーを隣家に送ることで、ささやかではありますが、収益のあがる取引をすることさえできます。巨大なアパートの建物では、公共の電気事業に欠陥があっても、ご家庭のタンクをすべてつなぐことで、その欠陥を申し分なく埋め合わせることができます。

ベビー・H・Pは、お子様たちの動作を妨げることも乱すこともないため、物理的、心理的不調を一切引き起こしません。それどころか、何人かのお医者様は、お子様たちの体の調和のとれた発達に寄与すると考えておられます。そしてお子様たちの精神については、普段の発電記録を上回るとき、ご褒美を少しあげることで、お子様たちそれぞれの意欲が目覚めるかもしれません。この目的のためには、甘いお菓子がお勧めです。なぜなら十二分にもとがとれますので。お子様の日常の食事にカロリーが加われば加わるほど、電気メーターのキロワットがいっそう抑えられます。

お子様たちは、利益をあげるH・Pを常時装着していなければなりません。大切なことは、いつもそれを学校に身につけていくことです。そうすれば貴重な休み時間が無駄になりませんし、蓄電池をエネルギーでいっぱいにして帰宅できます。

お子様自身が発生させる電流で何人かが感電死しているという噂は全く無責任なものです。ベビー・H・Pを装着したお子様たちが稲妻や火花を引き寄せるという迷信がかった不安についても同じことを言わなくてはなりません。そのような性質の事故は、とりわけ、製品それぞれに添付されております説明書の指示を忠実にお守りいただければ、一切起こりえません。

ベビー・H・Pは、優良店であれば、様々な大きさ、モデル、お値段でお求めいただけます。現代的な、耐久性のある、信頼できる器具であり、継手はいずれも伸縮性があります。イリノイ州アトランタにあるJ・P・マンスフィールド・アンド・サンズ社の製造保障がついております。

お知らせ

女性の存在が問題になる、煩わしい、あるいは有害である、そうしたところではどこでも、独身男性の寝室であれ強制収容所であれ、Plastisex© の使用は格別、お勧めです。陸軍や海軍は、いくつかの刑務所や教育施設の責任者と同じように、徴集兵にこの魅力的で衛生的な創造物を提供しています。

今、私共は、恋愛運の良し悪しにかかわらず、貴男に本状をお送りしています。私共はこれまで貴男が夢に見てこられた女性をお勧めします。彼女は自動制御で操作され、女性美の最も表面的な特徴、あるいは最も目につきにくい特徴を自由に再現する合成物質でできています。背が高くほっそりしている、小柄でぽっちゃりしている、金髪であれ褐色であれ、赤毛であれプラチナブロンドであれ、すべてのタイプが販売されています。私共は、大勢の造形芸術家、彫刻やデザイン、絵画やデッサンの専門家、塑造や型入れの熟練職人、サイバネティクスやエレクトロニクスの専門技術者たちを、貴男のご裁量に委ねます。彼らは、第十八王朝のミイラをほどいたり、最もまばゆい映画スターを、いまだ朝の入浴剤と湯が飛び散るまま湯舟から連れ出したりすることができます。

私共は、過去、そして現在の名立たる美女をお送りする用意ができていますが、どのような御要望にもお応えし、特別なモデルをお作りします。貴男を袖にした女性を忘れるのにレカミエ夫人の魅力では不十分でしたら、写真や記録、スリーサイズ、衣服、そして熱い思いでその女性を描写したものをお送りください。彼女は、テレビのボタンほども取り扱いの難しくない制御盤によって、貴男の意のままになることでしょう。

貴男がお望みになり、充分な資金がおありであれば、彼女の目をエメラルド、トルコ石、もしくは黒玉、唇をサンゴかルビー、歯を真珠……等々にすることができます。私共のレディたちは全く変形しませんし、しわも寄りません。肌の滑らかさとボディラインのふくよかさを維持します。地球上のありとあらゆる現代語やもはや使われていない言語で、「はい」と言い、歌い、流行のビートに合わせて動きます。顔はオリジナルモデルに従って化粧がほどこされていますが、お客様それぞれのお好みで、適切な化粧品を用いて、どのような種類の変化もつけられます。

口、鼻孔、瞼の内側、その他粘液を分泌する部分は、とても柔らかなスポンジでできています。そのスポンジは、海藻や薬草から抽出した栄養のある熱い物質で満たされていますが、その粘り気は一定ではなく、またビタミン、催淫成分の含有率は様々です。「あなたの舌下にはミルクと蜜がある」と『雅歌』にはあります。貴男はソロモンの快楽をまねることができます。すなわち、山羊のミルクと蜜蜂の蜜を混ぜたものを作る、貴男のPlastisex©の頭蓋腔をそれで満たす、ポートワインかベネディクティン酒で風味を添える。これで栄養のある長いキスのあいだに楽園の川が貴男の口に注ぐことにお気づきになられることでしょう（これまで、私共は、乳腺を首長の細いリキュール瓶に作り変える権利を、特許のもとに、留保してまいりました）。

私共のビーナスたちは十年間——これはどの伴侶にも言える平均期間ですが——完全なサービスをすることを保証されていますが、サディズムの異常行為にさらされる場合は除外されます。彼女たちの体重は、すべての生身のご婦人たちと同様、厳密に固有のものであり、その九十パーセントは、スポンジ状のボディの極めて細かい泡を通って循環する水の量に相当していますが、その水は電気暖房の静脈系によって暖められます。そうして、皮膚の下の筋肉が移動する、運動中の肉の塊が静水力学的なバランスをとっているという完全な錯覚が得られます。サーモスタットが発熱温度に達すると、塩分を含む弱い滲出が皮膚の表面に起こります。水は、変わりやすい可塑性の物理的機能だけでなく、明らかに生理学的、衛生学的な機能をも果たします。つまり、内から外へと強く水を流出させることで、Plastisex©の迅速かつ完璧なクリーニングを保証するのです。

マグネシウムの骨組みは、このうえなく情熱的な抱擁のあいだでさえ壊れませんし、また、人間の骨格を元に繊細に設計されているため、Plastisex©のすべての動きや姿勢を人間そっくりにします。少し練習すれば、踊ったり、喧嘩をしたり、体操やアクロバットをしたり、ボディに歓迎や拒絶のいくぶん力強い反応を生じさせたりすることができます。（Plastisex©は、従順なのですが、半馬力の電動機を装備していますので、溌剌（はつらつ）としています。）

頭髪やその他の毛の集まりに関しましては、私共は、女性の毛の特徴をもち、それを美しさ、手ざわり、しなやかさの点で凌ぐアセテートの糸を製造することができました。貴男は嗅覚の快楽に夢中になられますか？　そうであれば、においの目盛を合わせてください。白檀と麝香をベースにしたほのかな腋の下の香りから、スポーツ好きの陽に焼けた女性の最も強烈な臭い、つまり純粋な酪酸の臭い、あるいは近代的な香水店の最も洗練された製品の香りにいたるまで揃っています。お好きなだけ酔いしれていただけます。

嗅覚や味覚の幅はもちろん息にまで及んでいます。それは確かです。なぜなら、私共のビーナスたちは規則正しく、あるいは荒々しく呼吸しますので。一つの調整器が、呼気と吸気の交換のリズムをコントロールすることで、ため息からうめき声にいたるまで、彼女たちの欲望が上昇カーブを描くことを保証します。心臓は自動的に鼓動の強さと速さを合わせます……。

付属品に関しましては、Plastisex© は、衣装や装飾品の点で、最も著名な御婦人たちの装いに匹敵しています。裸体では、とびきりと言うほかありません。年頃にしろ未成年にしろ、若さの盛りにあります。もしくは、それぞれの人種や混血に特有の肌の色に応じて、秋の成熟した豊満さを備えています。

焼餅焼きの恋人たちのために、私共は、貞操帯のかつての理想を超えました。全身を保護するケースがそれぞれの女性を難攻不落の鋼の要塞に変えるのです。そして処女性に関しましては、それぞれの Plastisex© は貴男ご自身にしか侵害できない装置、つまり、本当の保証シールである合成樹脂の処女膜を備えています。あまりに本物に忠実であり、引き裂かれると、収縮し、処女膜痕と呼ばれるサンゴ色の小さな肉丘を再生します。

私共が立案しました確固たる商業倫理方針に従い、何人かのノイローゼのお客様が私共のビーナスに関していくぶん秘密裏に広められた噂を告発したく思います。その噂とは、私共があまりにも完璧な女性を創りあげたので、孤独な男性たちに熱烈に愛されて妊娠したモデルたちがいる、また定期的な体調不良に苦しんでいるモデルたちもいる、というものです。まったくの虚偽です。私共の研究部門は、精一杯、また予算を三倍にして研究しておりますが、そのような重大な束縛から女性を解放した、といまだ自慢することができません。未経験の若者が合成樹脂の女性に抱かれて窒息死した、と無責任な新聞が報じたニュースを同じくらい力強く否定することは、残念ながら、容易ではありません。そのような事故の可能性は否定しませんが、それは許しがたい不注意のせいでしか起こりえない、と私共は断言いたします。

弊社の倫理面はこれまで満足のいく解釈をされてきませんでした。社会学者の中には、売春に強烈な一撃を加えたことで私共を称賛する人たちもいれば（マルセイユには、Plastisex© のみで機能していることから、良からぬ場所ともう呼ぶことのできない店があります）、幼稚症を患っている偏執的な人間を刺激すると言って私共を非難する人たちもいます。道徳に凝り固まったそのような人たちは、私共の発明品が、肉体的な悦びにとどまらず、幸運なユーザーそれぞれに知的かつ美的な快楽を保証するという特性を具えていることを故意に忘れているのです。

予想されたことですが、宗教団体はその問題に対してとても異なる反応をしました。最も保守的な教会は禁欲の習慣を断固として守り続けていますし、せいぜい、無生物（！）で犯される罪は小罪と見なすことにしているだけです。しかしモルモン教の分派は、人間の進歩的な男性と合成素材の魅力的な人形との結婚式をすでに数多く執り行っています。私共は、そのような、一般社会にとって違法の結びつきに関しましては意見を差し控えますが、その結びつきが今日までいずれも、概して幸せなものであることをお知らせすることは喜ばしいかぎりです。ただ特異なケースでは、ご自分の伴侶の細部の変更や改良をお求めになったご主人もおられますが、離婚も同然の取り換えは一度も記録されていません。かつて結婚されたお客様たちがご自分の奥様に忠実な(たいていはいくつか手直しした)コピーをお求めになるケースもよくありますが、それは、重病や一時的な病気の場合、そして遺棄や死を含めた長引く不本意な不在の間、奥様たちを裏切ることなく利用するためです。

肉体的快楽の対象として、Plastisex©は、社会通念が昔ながらの伴侶に関して忠告していますように、節度をもって慎重に使われなければなりません。普通に利用されれば、彼女の夫婦間の務めは、男性の年齢や体格にかかわらず、健康と幸福を保証します。そして投資とメンテナンスの費用に関しましては、Plastisex©は採算がとれます。電力消費は冷蔵庫と同じくらいですし、家庭のどのコンセントにも接続でき、最も高価な装飾品を付けても、すぐに、ふつうの奥様よりもずっとお得になります。

無気力か活動的か、お喋りか無口かは貴男のお望み通りで、クローゼットに収納できます。*

ビーナスPlastisex©は、社会の脅威となるどころか、人間の価値観の修復のための闘いにおいて強力な盟友となります。女性を減らすどころか、古典的な言葉遣いをすれば、快楽の道具、セックスの運び人といった役割をもぎとることで女性を偉大にし、威厳を与えます。

気の滅入るような、高価で不健康な商品に代わって、私共の伴侶たちは、自らの創造的な可能性を完成度の高い域にまで発展させ得る存在となることでしょう。

Plastisex© の使用が広がると、私共は、長く待ち望まれた女性の天分の開花を目撃することになります。そして女性は、そのときには伝統的にエロティックな務めからはもう自由になり、はかない美しさの中に精神の純粋な王国を永遠に樹立することでしょう。

* （原注）一九六八年から、私共の子会社であるプラスティシロ・セクソベは、電池とトランジスターを使った廉価なモデルを開発中です。

弾道学について

投石機からの石塊が（ネ・サクサ・エクス・カタプルティース）、
レンガを打ち砕くことのないようにした（ラテリキウム・ディスクテレント）。

——カエサル『内乱記、第二巻』

城砦に置かれた投石機（カタプルタエ・トゥリブス・イムポシタエ）、
槍と石塊を放つようにした（エト・クアエ・スピクラ・ミテレント・エト・クアエ・サクサ）。

——アッピアヌス『ヒスパニア』

「あそこに見える、農地の中にある、なんだか傷口みたいなもの、あれは、ノビリオルの野営地の跡です。もっと向こうにはカスティリェホ、レニエブラス、ペニャ・レドンダの要塞がそびえている。はるか昔の町のものとしては、沈黙にひたる丘が一つ残っているだけ」

「お願いです！　僕がミネソタから来てるってことを忘れないでください。もうスピーチはやめにして、何を、どうやって、どれくらいの距離のところに向けて、弩砲（バリスタ）は発射されていたのか、教えてください」

「あなたは無理なことを求めておられる」

「でもあなたは古代兵器の世界的権威として認められています。ミネソタの僕の先生、バーンズ教授は、確かな道標として、ためらうことなくあなたの名と住所を教えてくれました」

「手紙のやりとりからあなたの先生を評価していますが、その先生に、私からの感謝と、彼の楽観主義に対する心からのお悔やみをお伝えください。ところで、ローマの弾道学に関する彼の実験はどうなりましたか？」

「完全な失敗です。バーンズ教授は、大勢の観客の前で、ミネソタの球場のフェンスが吹っ飛ぶと約束しましたが、ホームランは打てませんでした。彼の投石機（カタパルト）がうまくいかないのは五度目で、かなり意気消沈しています。彼は、いい方向に進ませてくれるようなデータをいくつか、僕に持って帰ってもらいたがっています、あなたは……」

「落胆しないようにと伝えてください。夭逝したオットカール・フォン・ゾーデンは、圧縮空気によって作動するクテシビオスの機械（マーキナ・クテシビア）の難問を前にして、人生の最良の時期を使ってしまった。そしてバーンズ教授より、そしておそらく私よりももっと多くのことを知っていたガッテローニは、一九一五年にアムミアヌス・マルケッリヌスの記述に基づいた、すばらしい機械で失敗した。四世紀ほど前、レオナルド・ダ・ヴィンチという名のもう一人のフィレンツェの機械工が、名だたるアマチュアのマルクス・ウィトルウィウス・ポッリオの誤解をまねく指示に従って、巨大なクロスボウを造ることで時間を無駄にした」

「その機械が大好きな僕としては、ウィトルウィウスがそんなふうに言われるなんて、びっくりですし、かちんと来ます。彼は、僕たちの科学の最も重要な天才の一人なんですよ」

「あなたとあなたのバーンズ教授がその有害な男についてどのような意見をおもちかは知らない。私とすれば、ウィトルウィウスは単なる素人だ。『建築十書(リブリー・デケム)』をじっくり読んでみなさい。ウィトルウィウスは自分でも理解できないことを話しつづけているということにいたるところで気づくよ。彼のしていること、それは、戦術家アイネイアスからアレクサンドリアのヘロンにいたるとても価値のあるギリシアの原典を、でたらめに、我々に伝えることなんだ」

「そんな無礼な言葉を耳にしたのは初めてです。それではいったい、誰に希望を託せるのですか？　もしかしてセクストゥス・ユリウス・フロンティヌス？」

「彼の『戦術論(ストラタゲーマトン)』を細心の注意を払ってお読みなさい。一見、図星を指した感じになる。しかし、すぐに彼の晦渋な叙述や誤りによって幻滅させられる。フロンティヌスは水道橋や下水道、排水溝については多くを知っていたが、弾道学となると、単純な放物線を計算することもできない」

「お願いですから、忘れないでください。僕は、帰国したら、ローマの弾道学に関して二百ページの博士論文の準備をし、講演をいくつかしなくちゃいけないんです。ミネソタの球場で僕の先生のような恥をかきたくないんです。お願いです、そのテーマに関して何人かの古代の権威の名を引き合いに出してくれませんか。バーンズ教授は、繰り返しの多い巧みな言い逃れだらけの話をして、僕の頭をすっかり混乱させたんです」

「バーンズ教授に、この場を借りて、彼の大いなる忠実さに対して賛辞を述べさせていただきたい。彼は、古代の弾道学について、マルケリヌス、アッリアヌス、ディオドルス、ヨセプス、ポリビウス、ウェゲシウス、プロコピウスといった人たちが我々に与える混沌としたビジョンをあなたに伝えることしかしなかったようだ。はっきりお話しよう。我々は現代的なスケッチを一つも、具体的なデータをただの一つも持っていない。ユストゥス・リプシウスとアンドレーア・パラーディオの疑似弩砲(バリスタ)は机上の計画で、全然現実味がない」

「それじゃあ、僕はどうしたらいいんです？　お願いですから、考えてもらえませんか、僕の二百枚の論文のことを。ミネソタでする講演、それぞれ二千語のことを」

「あなたを啓発してくれそうな逸話を話してあげよう」

「どうぞ」

「セギタ攻略に関することです。あなたは当然覚えておられるだろうが、この町は一五三年に執政官ノビリオルによって占拠された」

「紀元前？」

「あなたにはそこまできっちりお話しするまでもないように思う、むしろそんな必要はないと思っていたのだが……」

「すみません」

「じゃあ。ノビリオルは一五三年にセギダを攻略した。あなたはきっとご存じないだろうが、ヌマンティアへの進軍のキーポイントであるその町の敗北は、一つのバリスタによるものだった」

「ああ、ほっとしました！　効率のいいバリスタですね」

「すまないが、単に比喩的な意味なんだ」

「あなたの逸話は終えてください。きっと僕は、ミネソタに戻って、何一つ建設的なことを言えないんでしょうね」

「執政官ノビリオルは、派手なことが好きな男で、カタパルトの大発射で攻撃を開始しようとし……」

「すみませんが、僕たちはバリスタの話をしてるんじゃあ……」

「そしてあなたは、そしてミネソタのあなたの有名な教授は、バリスタとカタパルトの間にどんな違いがあるのか、わたしに言えるのですな？　そして、フンディブラ、ドリボラ、パリントナの違いを？古代の機械に関しては、正しい綴りが定まっていないし、説明も満足のゆくものではない、とドン・ホセ・アルミランテがすでに言っている。一つの同じ機械に対して、ペトロボラ、リトボラ、ペドレラもしくはペトラリアという名がついている。そしてまたあなたは、張力、ねじれ、あるいは平衡錘によって機能するどんな機械に対しても、オナグロ、モナンコナ、ポリボラ、アクロバリスタ、キロバリスタ、トクソバリスタ、ネウロバリスタと呼ぶこともできる。そしてそうした機械のすべては紀元前四世紀からたいてい移動可能であり、当然のことながら、台車付バリスタ（カロバリスタ）と一般的に呼ばれている」

「……」

「確かに、戦争のこうしたイグアノドンを働かせていた秘密は失われてしまった。どうやって木材が強化されたか、どうやってアフリカハネガヤ、たてがみ、あるいは腸のロープがなめされたか、どんなふうに平衡錘のシステムが機能していたか、誰も知らない」

「逸話をお続けください、僕が博士論文のテーマを変える決心をして、僕が想像してる聴衆を講堂から追い出すまえに」

「ノビリオルは、派手なことが好きな男で、バリスタの大発射で攻撃を開始しようとし……」

「あなたがご自分の逸話を完璧に暗記されているということはわかります。繰り返された言葉は正確でした」

「逆にあなたの記憶力には欠陥がある。わたしは重大な変更をしたところだ」

「本当ですか?」

「わたしはカタパルトの代わりにバリスタと言った。あなたにまた口をはさまれないように。わたしの一発は裏目に出たようだ」

「裏表どっちの目でも構いませんが、僕が出てほしいのはノビリオルの発射」

「どっちも出ないだろうね」

「ええっ、終(しま)いまであなたの逸話を話してくれないんですか?」

「話すよ。でも発射はないんだ。レバーを引き、弾力性のある綱をねじりあげ、砲座を平衡錘でいっぱいにして、バリスタが花崗岩の塊を彼らに向けて飛ばす準備ができたまさにその瞬間、セギダの住民が降伏した。彼らは防壁から合図し、使者を送り、協定を結んだ。命はとられなかったが、彼らが町から出て行くという条件がついていた。ノビリオルが町を焼くという尊大な気まぐれをかなえるためだ」

「それで、バリスタは？」

「完全に壊れた。楽な勝利に大喜びして、砲兵を含めて、皆、バリスタのことを忘れた。セギダの住民たちが降伏に署名しているあいだに、綱はだめになり、木の弓は破裂し、巨大な石を放たなくてはならない強力なアームは地面でへたばり、折れて、その拳から石を転がせて……」

「いったいどうして？」

「あのねえ、カタパルトは、発射しないとすぐにだめになるということを知らないんですか？　バーンズ教授がそれをあなたに教えなかったのなら、彼の能力をとても疑いますな。しかし、セギダに戻ろう。ノビリオルは、おまけに、重要人物たちの身代金として銀千八百ポンドを受け取ったが、すぐさま、報酬をもらっていない兵隊たちの暴動を避けるために硬貨を作った。その硬貨のいくつかが保存されている。明日、ヌマンティーノ博物館でご覧になれる」

「お土産にそのうちの一つを手に入れていただけませんか？」

「ばかげたことを。個人でその時代の硬貨を所有しているのはアドルフォ・シュルテン教授だけで、彼はずっとヌマンティアの瓦礫を掘り返し、図面を引き、畑の畝の下にある砲座の痕跡を推測して過ごしたんです。あなたに手に入れてあげられるのは、その硬貨の表裏が写ってる絵葉書ですな」

「続けましょう」

「ノビリオルはセギダ攻略から、多くの利益を得る術を知った。そして彼が鋳造した硬貨は片面に彼の横顔、そしてもう一方の面にはバリスタの輪郭とセギサという文字がある」

「どうしてセギダじゃなくてセギサなんですか?」

「確かめてみなさい。刻印を作った男の間違いです。その硬貨はローマですごく話題になった。そして、バリスタの評判はなおさら。帝国の作業場は、ダース単位でカタパルトを、それも次第に大きなものを求める軍団長たちの要求に十分応じられなかった。そして複雑であればあるほど、なおいいという要求に」

「でも何か前向きなことを言ってくれませんか? あなたのお話によると、いつも同じ機械のことを言ってるのであれば、何が原因で名前が変わるんですか?」

「たぶんサイズの違いの問題だ。おそらく砲兵たちが手もとに置く発射物のタイプによるのだろう。いいかね、リトボラとペトラリア、その名が示すように、そう、つまり、彼らは石を投げていた。あらゆるサイズの石。注釈者たちは二十、三十ポンドから八百、千二百ポンドまでの幅があると言っている。ポリボラも石を、散弾のような形で、つまり、小石を雨あられと投げるようだ。ドリボラは、語源的に考えれば、巨大な槍を放つのだが、矢の束も。そして、ネウロバリスタは、どうか……火災を起こさせる火薬の詰まった樽、燃えている薪の束、死体、そして汚物の入った大きな袋、これは、哀れ包囲された者たちが吸い込んでいる汚れた空気をいっそう息苦しいものにするためだが。それはともかく、私はミヤマガラスを投げるバリスタのことを知っている」

「ミヤマガラス?」

「もう一つ、逸話を話させてもらいたい」

「僕は考古学者とガイドとを間違えたようです」

「お願いだ、とても美しい話なんだよ。詩的とも言えるような。手短に話す。約束するよ」

「お話しください、そしたら出かけましょう。陽がもうヌマンティアに沈んでいきます」

「一つの砲兵隊が、ある夜、セントブリガへの途上にあるブレスという小さな村を守る高台に、軍団でいちばん大きなバリスタを放置した。おわかりのように、私はまた紀元前二世紀に戻っているが、地域は離れていない。翌朝、ブレスの住民たちは、百人の無邪気な羊飼いなのだが、地面から飛び出ているその脅威と向き合った。彼らはカタパルトのことは何も知らなかったが、危険をかぎとった。彼らは三日のあいだ、自分の小屋にきっちり閉じこもった。いつまでもそんなふうにしていることはできず、次の日の朝、そのばかでかい不思議な物を誰が調べに行くか、それをくじで決めた。そのくじは内気な気の弱い若者に当たり、自分は死を宣告されたのだと彼は思った。村人たちは、彼に別れを告げたり励ましたりして夜を過ごしたが、その男の子は恐怖におののいていた。冬の朝の日の出前、バリスタは闇に包まれた絞首台のようなものだったに違いない」

「その若者は生きて戻ったんですか？」

「いいや。武器の上で夜を過ごし、驚いて飛び立ったミヤマガラスの突撃で、バリスタの足元で死んだ……」

「ええっ！　一つのバリスタは、一発も発射せずにセギダの町を降伏させる。もう一つは、一握りの鳥で羊飼いの若者を殺す。ぼくがミネソタで話すことになるのはこれですか？」

「カタパルトは神経戦のために用いられていたと言いなさい。ローマ帝国全体がそんなもので、敵対し合い、力をそぎ合うレバーだらけの、複雑で場所ふさぎの巨大な武器でしかない、と付け加えなさい。

頽廃の兵器だったと言って、弁解しなさい」

「それでうまくいきますか？」

「バリスタのたどった悲運の極みについて詳しく述べるんです。絵になる。先生という職がローマの町ではきわめて危険なものになったと語りなさい。学校の子供たちは自分の先生たちに本当の投石の罰を課し、戦士が手で扱うマヌバリスタを子供らしく変形したパチンコで襲った」

「それでうまくいきますか？」

「詩的になる。紀元前一四六年のカルタゴ攻略の感動的な逸話に触れるんです。そのとき乙女たちは、バリスタの綱の加工に馬のたてがみを使う代わりに自分の髪を差し出したんだ」

「それでうまくいきますか？」

「堂々とするんです。軍団兵士の縦列の編成について事細かに話すんです。その二千の馬車と運搬用の牛馬、軍需品、堡塁（ほうるい）や包囲のための道具を長々と検討しなさい。無数の従者や奴隷について話しなさい。商人や酒場の主人たちの繁盛を批判しなさい。売春婦たちを強調しなさい。倫理的頽廃、横領、そして性病があなたにたくさんのテーマを与えてくれる。運搬可能な大きな石窯のことも、その車輪についてすら、説明するんです。これは技師のカイウス・リキニウス・リキトゥスの才能の賜物で、道すがら、一キロメートルで千個という割合で、パンを焼いていったんだ」

「すばらしい！」

「その窯の重さが十八トンということを考慮に入れなさい。そして日に三キロ以上は進めなかったということを」

「ひどい！」

「しつこくなるんです。絶えず、バリスタの大集結について話すんです。数字に関しては鷹揚に構えなさい、わたしが資料をあげる。デメトリオス・ポリオルケテスの時代には、たった一つの町に対して八百のバリスタが集結するにいたったと言いなさい。ローマ軍は、移動することができず、重苦しい兵器のずんぐりした木の骨組の間で立ち往生し、惨憺たる遅延をこうむっていた」

「それでうまくいきますか？」

「バリスタは心理的な武器、力の観念、圧倒的なメタファーだと言って終わるんです」

「それでうまくいきますか？」

（その瞬間、考古学者は、自分の指導を終わらせるのに実にふさわしいように思える石を地面に見つけた。それは、厚くて丸い、二十キロぐらいの玄武岩の石だった。とても興奮して掘り起こし、それを生徒の腕に載せた。）

「あなたは運がいい！　硬貨をお土産に持ち帰りたかったでしょ。そしてこれは、運命があなたに差し出したものだ」

「でも、これは何です？」

「ローマ時代の貴重な砲弾。あなたをとても悩ませているそうした機械の一つから、間違いなく発射されたもの」

（学生は、いくぶん戸惑いながら、そのプレゼントを受け取った。）

「でも……確かですか？」

「この石をミネソタに持っていって、講演者用のテーブルの上に置きなさい。聴衆に強烈な印象を与えることになる」

「そう思いますか?」

「当局がスペインから持ち出すのを許可してくれるよう、私自身があなたに必要書類を進呈する」

「でも、この石がローマの砲弾だと、あなたは確信していますか?」

(考古学者の声は、憤慨しているような陰気な調子になった。)

「そうだと私は確信している。もしあなたが、ここに来る代わりに、二千年ほど前にヌマンティアに来ていたら、この石が、スキピオの砲兵隊のどれかから発射され、あなたの頭を押しつぶしていたかもしれない」

(その説得力のある答に、ミネソタの学生は考え込んだ。そして石を優しく抱きしめた。一瞬、片方の腕を放し、ローマのバリスタの亡霊を一気に消し去ろうとするかのように、手を額に持っていった。)

陽はヌマンティアの不毛な風景に沈んでいた。

メルダンチョの干上がった川床では、川に寄せる郷愁が輝いていた。アンゲルスの熾天使たちは遠く、目に見えない村々の上で飛びまわっていた。そして師とその弟子は、灰色がかった黄昏の下、二つの迷子石のように、瞬間的な精神集中によって永遠化され、身動き一つしなかった。

調教された女

……今や彼女は汝の中にあり（エト・ヌンク・マネト・イン・テー）

今日、僕は立ち止まって奇妙な見世物を眺めた。郊外の広場で、埃まみれの大道芸人が調教された女を見せていたのだ。その興業は、地べたで、それも通りの真ん中で行われていた。その男の話では、当局の許可を得てあらかじめチョークで円を描いたとのことだが、彼はその円をいちばん気にしていた。彼は、そのにわか作りのトラックの境界線を越える見物客たちを何度も下がらせた。彼の左手から女の首へとのびる鎖は、一つのシンボルでしかなかった。ほんの少し力を入れればちぎれそうだったからだ。それよりずっと印象的なのは、やわらかい絹糸の鞭だった。大道芸人は誇らしげに空中で振り回すが、ピシッという音はしない。

一座の残る一人は、年のわからない、醜悪な小人だった。彼は、小太鼓をたたくことで、女の行為のBGMを担っているが、女は直立の姿勢で歩き、紙でできた障害物をいくつか飛び越え、初歩的な算数の問題を解くだけだった。硬貨が一つ地面に転がるたびに、見物客のためのわざとらしい短い中断がある。「キス！」と大道芸人が命じる。「違う。そいつじゃねえ。硬貨を放った旦那だ」。女は誰のことかわからず、六人くらいの人が、笑い、拍手しながら、髪の毛を逆立てられてキスされるがままになる。一人の警官が、そんなことは禁止されてる、と言いながら近づく。調教師は役所の判が押してある、ひどく汚れた紙を広げた。するとその警官は、気分を悪くし、肩をすくめながら立ち去った。

本当を言うと、その女の魅力はたいしたものじゃなかった。でも彼らは、男として、この上なく、はっきり言って異常なくらい我慢していた。それに見物客というのは、いつもそうした努力に報いるものだ。服を着たノミを見るのに金を払うが、それは衣装の美しさというよりは、それを着せるのにかかった苦労に対して払っているのだ。僕自身、ほとんどの人が手でできないようなことを足でする障害者を長いあいだ感心して見ていたことがある。

無分別にも高まっている連帯感に引きずられて、その女性を見るのをやめ、注意をすっかり調教師に向けた。その男が苦しんでいたのは間違いない。芝居が難しければ難しいほど、取りつくろうことや笑うことはいっそう難しい。彼女がへまをするたび、男は苦悶に震えていた。その女は彼に関心がないわけじゃない、たぶん彼女の退屈な見習い期間のあいだに、男は彼女が好きになった、と僕は悟った。二人のあいだには、調教師と猛獣という関係を超えた、親密な恥ずべき関係があったのだ。彼女を深く知ろうとする人はきっといやらしい結論に到達するだろう。

見物客は、本来無邪気なもので、何一つ気づかないし、優れた観察者には一目瞭然であるような細部を見逃す。驚異的なことをやってのけた人を称賛するが、その人の頭痛や私生活にありそうな醜悪な細部は問題にしない。単に結果を受け入れるだけであり、気が向けば拍手を惜しまない。

僕が断言できることは、大道芸人は、その反応から判断すると、誇らしげであり、また後ろめたく思ってもいたということだけ。彼がその女に芸を仕込んだという功績は明らかに誰も否定できないが、彼の愚劣な思いつきは誰も受け入れないだろう。(僕がそんなことを考えているとき、女は色あせたベルベットの狭いカーペットで羊のように回っていた。)

治安の番人がふたたび近寄り、大道芸人を挑発した。彼によると、僕たちは正常な生活のリズムと言っていい通行の邪魔になっている。「調教された女? みんな、サーカスに行け」。告発された男はふたたび汚らしい紙を論拠にして応じたが、警官はうんざり顔で、その紙を体から離して読んだ。(一方、女は、スパンコールの帽子に硬貨を集めていた。キスされるがままになっている勇敢な見物客たちもいたし、半ば堂々と半ば恥ずかしそうに、少し離れる者たちもいた。)

当局の代表は、月並みに袖の下をもちかけられると、永久に立ち去った。大道芸人は、このうえなく幸せなふりをしながら、小太鼓の小人に熱帯のリズムで打ち鳴らすよう命じた。女は、算数の見世物の準備をしていたが、色のついた計算盤をタンバリンのように揺さぶった。ぎこちない仕種で踊り始めたが、さほど淫らなものではなかった。彼女の演出家は完全に裏切られた気分だった。心の底ではすべての望みを刑務所に託していたからだ。落胆し憤慨して、踊り子ののろさを聞くにたえない言葉でどやしつけた。見物客たちは彼のうわべだけの熱意に感染し始め、誰もが多かれ少なかれ拍手し、体を揺すった。

効果を完全なものにするため、そしてその状況を最大限利用しようとして、その男は偽の鞭で女を叩き始めた。そのとき僕は、自分が間違いを犯していることに気づいた。他のみんなと同じように、ただ彼女に目を向けた。男の悲劇がどんなものであろうと、彼を見るのをやめた。（その瞬間、涙が白粉を塗った彼の顔に筋をつけていた。）

僕は、思いやりと批判に対する自分の考えをみんなの前で否定しようと決心し、大道芸人の許可を徒に目で探し求めながら、そして後悔している他の男に先を越されないうちに、軽業ととんぼ返りをする円の中に向かってチョークの線を飛び越した。

父親にせき立てられて、小太鼓の小人は、自分の楽器に夢中になり、見事な打楽器のクレッシェンドにする。そんな自然な付き添いに励まされて、女は実力以上の力を出し、拍手喝采の成功を収める。僕は、男の子がたたくのをやめるまで、彼女のリズムに合わせ、その即興的な動きによろけることも、ステップを間違うこともなかった。

僕には、最後の身振りとしては、突然ひざまずくのがいちばん合ってるように思えた。

パブロ

何もかもがいつもの様相を呈している、そんなありふれたある朝、中央銀行のオフィスのざわめきが単調なにわか雨のように広がっているとき、パブロ[1]の心に恩寵が訪れた。出納長は複雑な作業の最中に手をとめ、思考を一点に集中した。神の考えが彼の精神を充たしたが、それは幻覚のように強烈かつ鮮明で、感覚像のように明瞭だった。奇妙な深い悦び——それはこれまでも何度か瞬間的なはかない反射のように彼のところまで来たことがあった——が、純粋な、持続性のあるものとなり、十全なものとなった。世界には無数のパブロが住み、その瞬間には全員が彼の心に集まっているように思えた。

パブロは最初、個であり全体である神が創造のありとあらゆる可能性を自らの内にまとめているのを見た。神の考えは天使のように宙を飛んでおり、その中で最も綺麗なものは、光のように広くて美しい、自由の考えだった。創造されたばかりの無垢な世界は、被造物を調和のとれた秩序の中に配置していた。神は彼らに生を、不動か運動かを分け与えたが、彼自身は完全で近寄りがたい、崇高なもののままだった。彼の業の中で最も完璧なものは彼からひどくかけ離れていた。彼はその創造的な全能の力の只中にあって目に見えず、誰も彼のことを考えることが、想像することさえもができなかった。父を愛することのできない子供たちの父は、孤独をどうしようもなく感じ、人間を自らの本質を完全に実現する唯一の可能性として考えた。そのとき神は、人間が神聖な特性をもっていなければならないことを知った。そうでなければ、もの言わぬ従順な別の被造物になってしまう。そして神は、長らく待った後、地上で生きることに決めた。自分の存在を無数の粒子に分解し、そのすべての粒子の胚を人間の中に入れた。そうすることでいつか、そのさすらう気ままな部分は、生のありとあらゆる可能な形を巡り歩いた後、集まってふたたび原型を形作り、神を引き離して単一性に戻す。そうして普遍的な存在のサイクルは完結し、心が愛情と熱意にあふれていた日に、神が取りかかった創造の過程が完了することになるだろう。

時の流れの中で迷い、何世紀にもわたる海の水の一滴、果てしない砂漠の砂の一粒であるパブロは自分の机にいた。グレーのチェックのスーツを着て、模造の鼈甲の眼鏡をかけ、栗色の直毛に細い分け目をつけ、手は申し分のない文字と数字を書き、まっすぐ縦に揃えて数字を配置し、簿記職員の明晰な頭は絶対に誤ることのない結果を得る。決して間違えたこともなければ、自分の帳簿のページを汚したこともない。彼はそこで、机にうつむいて、途方もない一つのメッセージの最初の言葉を受けとっている。誰も彼を知らないし、決して知ることもないが、彼は自分自身の内に完璧な方策を、莫大な宝くじの当たりくじを持っている。

　パブロは善人でもなければ悪人でもない。彼の行為は、見たところとても単純な仕組みの、一つの性格に呼応している。だが、彼の要素は集まるのに何千年もかかっており、彼の機能の仕方は世界の夜明けに予見されていた。人間の過去全体がパブロを欠いていた。現在は不完全なパブロたちにあふれている。優れている者や劣っている者、大きい者や小さい者、有名、あるいは無名の者、そんなパブロたちに。母親たちは皆、無意識に彼を息子として持とうとした。皆、いつか自分が彼の祖母になると確信して、その仕事を自分の子孫に託した。だがパブロは間接的な遠く離れた果実として受胎された。彼の母親は出産のまさにその瞬間、彼のことを知らずに、死なくてはならなかった。そして彼の存在が従う計画の鍵は、ありふれたある朝、パブロに委ねられたのだが、それは、何の前触れもなく訪れる朝、すべてがいつもと同じで、中央銀行の広いオフィスの中では、耳慣れたざわめきとともに仕事の音が鳴り響く朝だった。

　仕事場を出ると、パブロは世界を別の目で見た。自分の仲間である人間一人ひとりに黙って敬意を表した。彼は、命を与えられた聖体顕示器みたいに胸が透けて見える人間たちを見たが、どの顕示器でも白いシンボルが輝いていた。優れた創造主は自らの被造物たちそれぞれの中に含まれており、その中に現れていた。その日からパブロは悪を違ったふうに、つまり、多すぎるものもあれば不足するものもある、そんな美徳の不正確な配分の結果と見なした。そしてその不完全な全体が、悪の様相のすべてを呈する、偽りの美徳を生みだしていた。

　パブロは、そうした無意識に神を運ぶ者たち皆をひどく哀れんでいた。彼らは、何度も神を忘れ、否定する。堕落した肉体の中で神を犠牲にする。彼は、失われた原型を調べ、根気よく探し求める人類を見た。生まれる人間のそれぞれが救世主になりそうであり、死者のそれぞれは失敗した方策だった。人類は、最初の日から、ありとあらゆる可能な組み合わせを行い、世界に散らばっている聖なる粒子を用いて、想像しうるありとあらゆる分量を試す。人類は、自らの失敗をやっとの思いでこの世で隠し、母親たちの繰り返される犠牲的行為を感激して眺める。聖人や賢人たちは期待を蘇らせる。世界の大犯罪者たちはそれを裏切る。おそらく最後の発見の前には、最終的な失望が待ち受けている。そして、原型、つまりどの世紀でも恐れられている黙示録の獣、それとはまさしく正反対の人間が思いつく方策が実現されなくてはならない。

誰も希望を失くしてはならないことが、パブロにはよくわかっていた。人類は不滅である。なぜなら神が内部にいるからであり、人間の中にある永続的なものは神の永遠性そのものであるからだ。大惨事、洪水や地震、戦争や伝染病は最後のカップルを終わらせることはできないだろう。人間は、誰かが一撃で切り落としうるように、たった一つの頭しか持つことがないだろう。

啓示の日からパブロは違う生活を送った。彼には束の間の心配事や欲望は終わった。昼、夜、週、月という習慣的な連続は終わってしまったようだった。永遠の中の小島のように、巨大で流れのない、広くて静的な、たった一つの瞬間に生きていると思った。自分の自由な時間を内省と謙虚さに捧げていた。毎日、はっきりした考えが訪れ、彼の頭脳は輝きで満ちていった。彼としては何の努力もしていないのに、世界の吐息が少しずつ彼を貫いていて、まるで春の偉大な息吹が彼の存在の枝を通り抜けるかのように、天啓を受けた、超越した、そんな気がした。彼の思考は最も高いところで風に当たっていた。通りでは、雲の中に頭を入れて、自分の考えに我を忘れ、自分が地上にいることを思い出すのに骨が折れた。町は彼のために変貌していた。鳥や子供たちは幸せなメッセージを彼にもたらした。色彩は極端に鮮やかになっているようであり、塗り立てみたいだった。パブロは海と大きな山々を見たかったのかもしれない。芝生と泉に安らぎを見出していた。

なぜ他の人たちは、その至上の喜びを彼と分かち合わないのだろうか？　パブロは心から皆に無言の招待状を送った。ときどき彼のエクスタシーの孤独に悩まされた。全世界が彼のものだった。そして、巨大なプレゼントを前にした子供のように身震いした。だがじっくりそれを享受しようと決心した。さしあたり、その美しい巨木に、空でそっと旋回する白とピンクの雲に、芝生の上でボールを転がしている金髪のその男の子のゲームに午後をさかなくてはならなかった。

当然、パブロは、彼の喜びには、その喜びは秘かな、譲渡できないものという一つの条件がついているのを知っていた。以前の生活と今の生活を比べた。不毛の単調さの砂漠！　そのとき誰かが世界の全景を彼に明らかにしようとしていたら、彼は、すべてを同じ、些細な、空虚なものと思い、無関心のままでいたかもしれないと思った。

彼は自分の最も取るに足りない経験を誰にも伝えなかった。親友がいない、遠縁しかいない、そんな都合のいい孤独のうちに生きていた。内気で無口な性格が自制を容易にしていた。ただ、自分の顔が変化を明らかにすることを、あるいは目が内部の輝きをさらけ出すことを恐れていた。幸い、そうしたことはまったく起こらなかった。仕事場や下宿屋では誰も彼のどんな変化にも気づかず、外での生活は以前とまったく同じように過ぎていった。

ときどき、少年期か思春期かの遠い思い出が突然彼の記憶に現れ、一つのはっきりしたまとまりに同化した。パブロは、そうした思い出を彼の精神を充たしている中心的な考えのまわりに集めるのが好きで、その思い出の中に自分のその後の運命に関わる予兆みたいなものを見て楽しんでいた。彼はそうした予兆に注意を払ったことがなかった。なぜなら、束の間の、かすかなものであったから、そしてまた、自然がささやかな驚異に隠して、人間一人ひとりの心に向かって送るそうしたメッセージをまだ解読できるようになっていなかったからだ。今、そうしたものは理解しうるものとなっており、パブロは白い小石を使ってするように、自分の精神がたどる道にしるしをつけていた。その小石の一つひとつが彼に、自分の好きなようにふたたび生きる、そんな幸せな状況を思い出させた。

ある瞬間、神聖な粒子がパブロの心の中で尋常でない割合を占めるように思え、パブロは恐怖で満たされた。彼は、自分を人間の中でいちばん惨めな男、いちばん無能な、神を運ぶ者、終わりのない探求において最も場違いな試みと見なして、あらゆる試練に耐えられる自らの謙虚さにすがりついた。

大きな野心を抱いたとき彼が唯一望みえたことは、発見の瞬間を経験することだった。だが、それは不可能な、度を越えたことに思えた。生存するために、試みの数をますます増やすために、人生の流れを妨げる現象にいつも揺るぎない抵抗をするために人類がする力強い、明らかに盲目的な衝動を彼は見ていた。その力は、ますます手にしにくくなるその勝利は、いつか人間の間に最初にして最後の存在が存在するという希望と確信を暗にもたらしていた。その日、保存と繁殖の本能が終わるだろう。生きている人間はすべて余分なものとなり、すべてを包含する存在、人類を、世紀を、無知と悪徳、探求の幾千年を裁くはずの存在に吸収されて消えていくだろう。人類は、すべての悪を取り除かれて、永遠に、創造者の胸で憩うだろう。いかなる苦しみも無駄ではなくなり、いかなる喜びも空しくはなくなるだろう。喜びと苦しみは、唯一の無限の存在の中で増大されることになるだろう。

ときどきパブロの中では、すべてを正当化するという幸せな考えに、正反対の考えが続き、それが彼の注意を奪い、悩ませていた。とても明快に夢見ていた美しい夢が明るさを失い、ばらばらになる、もしくは悪夢に変わる恐れがあった。

神はおそらく、決して元に戻らず、永遠に溶解して覆い隠され、無数の牢獄の中に囚われたままになるかも知れない。それぞれがそれぞれの神の郷愁のかけらを感じ、神を取り戻すために、神の中で元に戻るために根気強く集まっている、そんな絶望した存在の中に。しかし、神の本質は、ちょうど貴金属が何度も溶解を繰り返して次第に粗悪な合金となって消えていくように、少しずつ価値を失っていくのかもしれない。神の精神は、無数の失敗や死という日常の否定的な経験に目をつむりながら、生き残るという巨大な意志の中にしかもはや表されないのでは。神の粒子は、それぞれの人間の心で激しく鼓動し、その牢獄の扉をたたくのでは。誰もが、ますます鈍く意味のないものになる再生の望みを抱いて、その呼び掛けに応えるのでは。そして神の統合は不可能となるのでは。なぜなら貴重なたった一つの粒子を引き離すためには、くずの山を減らし、罪悪の沼を干さなければならないのかもしれないのだから。

こうした状況の中、パブロは絶望に囚われていた。そしてその絶望から、彼が徒(いたずら)に先延ばしにしようとしてきた最後の確信が生まれた。

パブロは傍観者という自分の恐ろしい特性を認識し始めた。そして世界を眺めるとき、世界をむさぼっていることに気づいた。熟視することは彼の精神を育んでおり、熟視することへの渇望はますます大きくなった。彼は、人間たちの中には、自分の隣人を知らなかった。彼の孤独は大きくなり始め、やがて耐えがたいものとなった。他の人たちを羨ましく見ていた。その不可解な人たちは、何も知らず、些細な心配事に気前よく全霊を注ぎ、孤独で巨大な一人のパブロのまわりで喜んだり苦しんだりしていたが、そのパブロは、彼らすべての頭上で、薄くなった純粋な空気を吸い、人間たちの財産を没収したり不法に使用したりしながら日々を過ごしていた。

パブロの記憶は急速に後戻りし始めた。一日一日、一分一分、自分の人生を生きた。思春期、幼少期に到った。前に、誕生のずっと前に進み、自分の両親の、祖先の人生を知り、やがて彼の家系の最後の根まで知り、そこで単一性によって支配された彼の精神にふたたび出くわした。

何でもできる気がした。それぞれの人間の人生の最も取るに足りない些細なことでも思い出し、世界を一つの言葉に封じ込め、時間と空間の中で最も遠くにあるものを自分の目で見、雲や樹々、石を自分の拳で握りしめられそうだった。

彼の精神は、恐怖に満ちて、自分の殻に閉じこもった。思いがけない途方もない臆病さが彼の行動の一つひとつを我が物にした。彼は自分の内部を焼き尽くす活発な火に対する応えとして外面的な平静を選んだ。何も彼の人生のリズムを変えてはならなかった。実際、二人のパブロがいたが、人間たちは一人しか知らなかった。もう一人は、人類を比較検討し、不利な、あるいは好意的な判断を下すことのできる断固としたパブロは、忠実なグレーのチェックの服をまとい、深くくぼんだ目の視線は模造の鼈甲の眼鏡に守られているために、知られずに、まったく知られずにいた。

人間の思い出の果てしない目録の中で、おそらく子供の頃読んだものだが、一つの些細な逸話が際立ち、彼の精神を軽く傷つけていた。その逸話は輪郭を欠いていたが、パブロの頭脳に簡潔な文を配置していた。とある山村で、年老いた外国人の羊飼いが自分はまさしく神の化身であると隣人全員に納得させることができた。その男は少しの間、特別扱いの立場を享受した。しかし、突然旱魃(かんばつ)が起きた。収穫はだめになり、羊たちは死んだ。信者たちはその神に襲いかかり、情け容赦なく生贄にした。

一度きりのことだが、パブロは発見されそうになった。たった一度、他人の目の前で、自分の本当の高みにいたに違いなかった。そしてそのとき、パブロは自分の立場を隠すことができず、計り知れない危険を一瞬受け入れた。

よく晴れた朝のことだった。パブロは、自らの普遍的な渇きをいやしながら、町の中心部の通りの一つを散歩していた。ある人が歩道の真ん中で突然立ち止まり、彼に挨拶した。パブロは、一つの光線が自分の上に降りてくるのを感じた。驚きのあまり立ちすくみ、黙り込んだ。心臓は激しく、だがまた、この上なく優しく打った。歩み始めた。そして身元が確認され、裏切られ、十字架に架けられる覚悟をして、両腕を広げて保護を求める身振りをしようとした。

その光景は、パブロには永遠のように思えたが、ほんの数秒続いただけだった。見知らぬ男は最後にためらい、そしてどぎまぎして、自分の間違いを認め、パブロにぼそぼそ言い訳をして、立ち去った。

パブロは、不安の餌食となり、ほっとすると同時に傷ついて、しばらく立ち尽くした。自分の顔が自分を告発し始めていると理解し、いっそう用心した。それ以来、夕暮れにだけ散歩したり、夜の始まる時間に穏やかで薄暗くなるような公園を訪れたりすることにした。

パブロは、自分の行為を一つひとつ注意深く見守らなければならず、どんなに些細な欲望であれ何としても抑えつけようとした。人生の流れをいささかも妨げないよう、またどんなに些細な現象であれ変えないよう努めた。実際、彼は自分の意志を破棄した。自分で自分の性格を実現するためにするようなことは何もしないようにした。全能という考えが彼の精神に重くのしかかり、彼を圧倒していた。

しかし、すべてが無駄だった。世界は、彼の心にたっぷり入り込み、すべての水量を源泉に返す広い川のように、パブロに戻った。抵抗するのは何の役にも立たなかった。彼の心は平原のように広がり、その上には物の本質が雨のように降り注いでいた。

過度の豊かさの中で、彼の富の絶頂で、パブロは世界の衰退を思い悩み始めた。世界は、生き物が取り除かれ、暖かさを失くし、動きを止めようとしていた。哀れみと同情でいっぱいの感じが耐えられなくなるまで彼を襲い始めた。

パブロはすべてに心を痛めていた。公園や学校での不在がすでに目立ち始めた子供たちの挫折した人生に、人々の無益な人生に、もう自分の子供たちの誕生を経験しないかもしれない妊婦たちの空しい苛立ちに、もう余分な会話を切り上げ、翌日のデートの約束を決めずに別れを告げて、突然ばらばらになる若いカップルたちに。そして、自分の巣を忘れ、動きのない空気にどうにか支えられて、あてもなく、途方に暮れて飛んでいく鳥たちを心配した。樹々の葉は黄色くなり、落ち始めていた。パブロは、自分が死にいくすべてのものの命で栄養をとっているため、もうその鳥たちには次の春はないのだと思い、身震いした。死んだ世界の思い出に耐えて生き延びることはできない気がした。そして彼の目は涙にあふれた。

パブロの優しい心臓は長い検査を必要としていなかった。彼の法廷は誰に対しても機能しなくなった。パブロは世界を生き延びさせることにし、世界から奪ったものをすべて返すことにした。世界の大洋の中で、分散した束の間の生の新たなサイクルを生きるために、孤独の高みから飛び降りた、そんなもう一人のパブロが過去にいなかったかどうか思い出そうとした。

曇ったある朝、世界がすでにほぼすべての色を失くしてしまったとき、そしてパブロの心臓が宝でいっぱいの大箱のようにきらめいていたとき、彼は犠牲を払うことに決めた。破壊の風が世界をさまよっていた。最後の光景の前兆となりながら現実の輪郭を消し続けているように見える小糠雨と北風の翼をつけた黒い大天使のようなものが。それは何でもできるとパブロは思った。樹々や彫像を溶かす、建築用の石材を破壊する、そのくすんだ翼で物の最後の熱を運び去る、そうしたことが。パブロは、世界の崩壊の光景にもう一瞬も耐えられず、身震いしながら、自分の部屋に閉じこもり、死ぬ覚悟をした。どうにかして、取るに足りない自殺者のように、手遅れにならないうちに自分の日々を終え、自分の魂の扉をいっぱいに開けた。

人類は、失敗した他の方策を地下に隠した後、粘り強く自らの試みを続けている。昨日からパブロはふたたび、わたしたちとともに、わたしたちの中で、自分を探している。

今朝、太陽は妙な輝きを放って照りつけている。

1　パブロはポール、パオロ、パウル等と同じで、聖パウロに由来する名。

物々交換のたとえ話

その商人は、「古女房を新しいのと換えるよ！」と大声を上げ、色とりどりの大型幌馬車の列を引きずりながら、村の通りを走り回った。

取引は、動かしえない定価のおかげで、迅速だった。当事者たちは、品質証明と保証書を受け取るが、誰も選べなかった。女たちは、商人によれば、二十四金だった。皆、金髪で、皆、チュルケス人だった。そして金髪と言うより、燭台のような金色だった。

男たちは、隣人たちの購入したものを見ると、節操もなく取引業者の後を追った。多くが破産した。新婚の男だけが損得なしの交換ができた。彼の妻は新品で、どの外国人女性にも見劣りしなかった。だが、彼女たちほど金髪ではなかった。

わたしは、窓の向こうを豪華な馬車が通るのを見て、震えていた。豹のような女性がクッションとカーテンに寄りかかって、まるでトパーズの塊から姿を現すかのように、まばやく輝いて、わたしを見つめた。私は、感染性のあの熱狂にとらわれ、ガラスに激突するところだった。恥ずかしくなって窓から離れ、振り返ってソフィアを見た。

彼女は、落ち着いて、新しいテーブルクロスにいつものイニシャルを刺繍していた。騒動には無関心で、確かな指使いで針を通していた。彼女を知るわたしにしか、彼女のかすかな、目にはわからないくらいの蒼白さに気づくことができなかった。通りの突き当りで、商人が心をかき乱す呼び声を最後に上げた。「古女房を新しいのと換えるよ!」。だがわたしは床に足を釘付けにし、最後のチャンスに耳をふさいだ。外では、村は大騒ぎの雰囲気を漂わせていた。

ソフィアとわたしは、とやかく言うこともできず、ひと言もしゃべらずに夕食をとった。

「どうして、わたしを他の女と交換しなかったの?」と彼女は、皿を運びながら、ようやく言った。

答えられなかった。そして二人とも聞く耳をもたなかった。わたしたちは早く床に就いたが、眠れなかった。離れて、沈黙し、その夜、わたしたちは石の招客の役を演じた。

それ以来、わたしたちは、荒れ模様の幸福に囲まれて、小さな無人島で暮らした。村は孔雀がのさばる鶏舎のようだった。怠惰で艶かしい女たちは、日がな一日ベッドで寝そべっていた。彼女たちは、夕方現れ、黄色い絹の旗みたいに、陽の光に輝いていた。

人のいい従順な夫たちは、彼女たちから片時も離れなかった。蜜にこだわって、明日と言う日を考えず、仕事をおろそかにしていた。

わたしは、近所の人の目から見るとばかな男ということになり、もっていた数少ない友人を失くした。わたしが貞節のばかげた例を示すことで自分たちを諫めようとしている、と皆は考えた。わたしを指さし、笑い、自分たちの贅沢な塹壕からとげのある言葉を投げかけた。わたしは、卑猥なあだ名をつけられ、その心地よい楽園で自分を宦官みたいに思うようになった。

ソフィアはソフィアで、しだいに無口になり、引っ込み思案になった。わたしが比較対照するのを避けるために、わたしと外出するのを拒んだ。そしてさらに悪いことに、妻としての最も明確な務めを嫌々果たした。本当のことを言うと、わたしたちは二人とも、そんな控えめな夫婦愛にきまりの悪い思いをしていた。

わたしの気分をいちばん害したのは、後ろめたそうな彼女の態度だった。彼女は、わたしが他の奥さんたちのような妻を持たないことに責任を感じた。最初の瞬間から、彼女は、ふだんの見栄えのしない自分の顔つきでは、わたしの頭の中にある誘惑のイメージを追い払うことができないと考え始めた。侵略者の美しさを前にして、彼女は恨み言を口にしないという最後の砦に逃げ込んだ。わたしは、装飾品や香水、宝品やドレスを買うことで、わたしたちのわずかばかりの貯金を徒に使い果たした。

「わたしを哀れに思わないで！」

そしてすべてのプレゼントに背を向けた。ちやほやしようとすると、涙ながらの応えが返ってきた。

「わたしを交換しなかったこと、絶対、赦さない」

そしてすべてをわたしのせいにした。わたしは我慢できなかった。そして豹のような女を思い出し、また商人が通ってくれることを心底願った。

しかし、ある日、金髪の女たちが錆びつき始めた。わたしたちが住んでいる小島は、砂漠に囲まれたオアシスの様子を回復した。不満の荒々しい叫び声に満ちた、敵対的な砂漠。一目で目がくらんだ男たちは実際、女たちに注意していなかった。じっくり見ることもしなかったし、彼女たちの金属を検査しようという気にもならなかった。新品からはほど遠く、中古、中古の中古、いったい何度中古になったのかわからないような代物だった……。商人は、単に必要不可欠な修理をいくつかして、とても安い、とても薄い金色のコーティングをしたが、それは雨にあてる検査で数回ももたなかった。

何かおかしいと気づいた最初の男は知らん顔をした。二番目の男もそうだった。しかし三番目の男は、薬剤師だったが、ある日、自分の妻の香りの中に、硫酸銅の特徴的な臭いがあることに気づいた。不安を抱いて念入りに調べ始めると、妻の肌に黒い染みを見つけ、怒りの声を上げた。

すぐにその染みは、まるで女たちの間に錆の伝染病が発生したかのように、すべての女の顔に出た。夫たちは、密かにその原因に関してひどい疑念にさいなまれながら、自分の妻の欠陥をたがいに隠し合った。少しずつ事実が明るみに出始め、それぞれがまがいものの女を受け取っていたことを知った。

交換が引き起こす興奮の流れに引きずられた新婚の男は、打ちひしがれた。まぎれもない白さの肉体の記憶にとりつかれ、すぐに狂気をあらわにした。ある日、彼は、妻の肉体に残っている金を腐食性の酸で取り除きはじめ、彼女を悲惨な状態に、本物のミイラにした。

ソフィアとわたしは妬みと憎悪のなすがままになっていた。まわりのそんな態度を前にして、わたしはいくつか予防措置をとるほうがいいと思った。しかしソフィアは、喜びを隠すことが難しく、いちばんいい衣装をまとって外出し、ひどい悲嘆の中で見せびらかすようになった。わたしの振る舞いにいいところがあると考えるどころか、ソフィアは、わたしが臆病だから自分と一緒にいる、でも自分を交換する気持ちはある、と思っていた。

今日、商人を捜しに行く、だまされた夫たちの遠征隊が村を出た。本当に悲しい光景だった。男たちは、天に向かって拳を上げ、復讐を誓っていた。女たちは、ハンセン病に侵された泣き女たちのように、色あせ、髪を乱して、喪に服していた。たった一人残ったのは例の新婚の男だったが、皆はそのわけを心配している。偏執的な愛着をあらわにして、彼は、今や、死が僕を黒くなった妻から、僕自身が硫酸でだいなしにした妻から引き離すまで、自分は貞節でいる、と言う。

わたしにはソフィアが愚かなのか賢明なのか判別できないが、そんな彼女のそばでわたしを待ち構えている人生とは、いったいどんなものなのだろう。今のところ、彼女を称賛する男たちはいない。今、わたしたちは、四方八方孤独に囲まれた本当の島にいる。出発する前、夫たちは地獄まで詐欺師の跡を追う、と宣言した。そして実際、それを言うと、全員が地獄に落とされた男の顔になった。

ソフィアは目にするほど浅黒くはない。ランプの光の下では、彼女の寝顔は反射光にあふれる。まるでその眠りから、軽い、金色の、誇らしい思いが出てくるみたいに。

悪魔との契約

先を急ぎ、映画館に駆け込んだが、映画は始まっていた。暗い場内で席を見つけようとした。上品な顔立ちの男の隣に坐った。

「すみません」とぼくは言った。「映画、どうなってるのか、ざっと話してもらえませんか?」

「いいですよ。ダニエル・ブラウン、あそこに見える男が悪魔と契約しました」

「ありがとう。じゃあ、その契約の条件を知りたいんですが、教えてもらえませんか?」

「喜んで。悪魔は、ダニエル・ブラウンに七年のあいだ、富を提供すると約束します。当然、彼の魂と引き換えですが」

「たった七年?」

「契約は更新されるかもしれません。さきほど、ダニエル・ブラウンは血を少し使ってサインしました」

ぼくはそうした情報をもとに映画のプロットを埋めることができた。充分だったが、もう少し知りたかった。その愛想のよい、知らない人は見識をそなえた人物のようだった。ダニエル・ブラウンが相当な量の金貨をポケットに入れているあいだに、訊いた。

「あなたの考えでは、割をくってるのはどっちですか？」

「悪魔です」

「それはまた、どうして？」とぼくは、びっくりして、言い返した。

「ダニエル・ブラウンの魂は、よろしいですか、それを差し出したときにはたいしたものではなかったのです」

「じゃあ悪魔は……」

「ひどく損な取引をすることになります、ダニエルはひどく金を欲しがっていますから、ごらんなさい」

実際、ブラウンは湯水のように金を使っていた。農民としての彼の魂はおかしくなっていた。非難するような目で、ぼくの隣の男が言い添える。

「そのうち七年目になりますよ、そのうち」

ぼくは身震いした。ダニエル・ブラウンに共感を覚えていた。質問しないわけにはいかなかった。

「あなたは、失礼ですが、これまで貧しかったことはありませんか？」

隣の男の横顔は、暗闇にぼやけていたが、かすかに頬笑んだ。ダニエル・ブラウンがもう後悔し始めているスクリーンから目をそらし、ぼくを見ずに言った。

「貧しさがどのようなものか、知りません。あなたはご存知で？」

「それなら……」

「逆に、金持ちの七年で成しうることはとてもよく承知しております」

ぼくは、その歳月がどんなものなのか、懸命に理解しようとした。すると新しいドレスを着て、美しいものに囲まれて頬笑んでいるパウリーナの姿が見えた。その姿から別のことを考えた。

「ダニエル・ブラウンの魂は何の価値もないと、さっき言われましたが、だったらどうして悪魔は彼にそんなに与えたんです？」

「その哀れな若者の魂はよくなりうる。後悔がそれを成長させうるんです」と隣の男は哲学的に答えたが、その後、意地悪くつけ加えた。「そうなれば悪魔は自分の時間を無駄にしなかったことになります」

「で、ダニエルが後悔したら……？」

話し相手はぼくが示す同情が気に入らないようだった。話そうという動きをしたが、口からは小さな喉の音しか出てこなかった。ぼくは言い張った。

「ダニエル・ブラウンは後悔するかもしれないのだから、そのときには……」

「悪魔にとって、ことがうまく運ばないのは初めてのことではないのでしょうね。契約にもかかわらず、何人かが悪魔の手をのがれました」

「本当のところ、それはまともじゃないですね」と、ぼくは知らないうちに言った。

「何ですって？」

「悪魔が約束を守るのなら、人間はなおさら守らなくちゃいけない」とぼくは自分に言い聞かせるみたいにつけ加えた。

「たとえば……」と隣の男は言うと、意味ありげに間をあけた。

「じゃあ、ダニエル・ブラウンで」とぼくは応えた。「彼は妻が大好きなんです。彼女のために買った家を見てください。愛ゆえに彼は自分の魂を与えた、それなら約束を守らなくちゃいけない」

こうした言い分にぼくの話し相手はうろたえた。

「失礼ですが」と彼は言った。「先程あなたはダニエルの側に立っておられた」

「そして今も彼の側に立っています。でも彼は約束を守らなくちゃいけない」

「あなたは、守られますか？」

答えられなかった。スクリーンでは、ダニエル・ブラウンが顔を曇らせている。豊かさだけでは農民としての彼の質素な生活を忘れさせられなかった。彼の家は豪壮だったが、妙に寂しげだった。華美な服装や宝石は彼の妻には似合わなかった。まるで別人！

月日はすぐに過ぎ、金は、昔した種まきの種のように、ダニエルの手からどんどん飛び出ていった。しかし彼の背後では、植物の代わりに、悲しみが、後悔が育っていた。

ぼくはなんとか答えようとした。そして言った。

「ダニエルは守るべきです。ぼくも守ることでしょう。貧乏より悪いものは何にもないんです。彼は妻のために自分を犠牲にした。他のことはどうでもいいんです」

「おっしゃるとおり。あなたは分かっておいでです。あなたにも奥さんがおられるから、そうでしょ?」

「パウリーナが何一つ不自由しないよう、ぼくはどんなものでも与えます」

「あなたの魂は?」

ぼくたちは小声で話していた。それでも、まわりの人たちは迷惑そうだった。静かに、と何度か言われた。ぼくの友人は、その会話にひどく興味をそそられたようで、こう言った。

「廊下に出ませんか? 映画はもっと後でご覧になれます」

嫌とは言えず、外に出た。最後にスクリーンを見た。ダニエル・ブラウンは妻に悪魔と交わした契約のことを泣きながら話している。

ぼくはパウリーナのことを、ぼくたちが過ごしているどうしようもない状況を、彼女が穏やかに耐え、そのためぼくをいっそう苦しませる貧しさのことを考え続けていた。間違いなくぼくは、ポケットを金でふくらませて泣いている、そんなダニエル・ブラウンを理解していなかった。

「あなたは、貧しいのですか?」

ぼくたちはロビーを横切り、狭くて暗い、少し湿気の臭いのする廊下に入っていった。古びれたカーテンを脇に寄せると、ぼくの連れがまた訊く。

「あなたは、とても貧しいのですか?」

「今日は」とぼくは答えた。「映画の入場料はいつもより安いんです。でも、その金を使うのにぼくがどれほど悩んだか、分からないでしょうね。見に行きなさい、とパウリーナは言い張った。まさしく彼女と言い合っていたせいで映画に遅れたんです」

「それでは、ダニエルがしたように、自分の問題を解決する人間をどう思われますか？」

「よく考える必要がありますね。ぼくの仕事はどうにもうまく行ってない。人はもう着る物に構っていない。どんな格好ででも出かける。服を繕い、洗濯し、何度も直す。パウリーナ自身、とてもうまくやることができる。組み合わせたりつけ加えたりして、服を急ごしらえする。実は、長いこと新しい服を持ってないんです」

「あなたのお客になると約束しますよ」と、話し相手はぼくに同情して言った。「今週、服を二着、注文します」

「ありがとうございます。映画に行け、とぼくに言ったけど、パウリーナの言い分が正しかったんだ。それを知ったら喜びます」

「あなたのために他にも何かすることができるかもしれません」と、新しい客はつけ加えた。「たとえば、あなたに取引をご提案し、あなたから買わせていただきたいものですが……」

「すみませんが」と、ぼくは急いで応えた。「ぼくたちにはもう売るものは何にもないんです。最後は、パウリーナのイヤリング……」

「よくお考えになってください。おそらくお忘れになっているものがございます……」

少し考えてみようとした。その間は、ぼくの恩人の奇妙な声で途切れた。

「じっくりお考えになってください。よろしいですか、あちらにはダニエル・ブラウンがいます。あなたがお越しになられる直前には、彼は何一つ売るものがなかった、それでも……」

その男の顔がいっそう角ばっていることに、突然気づいた。壁にかかる標識の赤い光が彼の目に、まるで火のような、奇妙な輝きを与えている。彼はぼくの動揺に気づき、明るい、はっきりした声で言った。

「この期に及んで、自己紹介は無駄というものでしょう。何なりとお申しつけください」

ぼくは本能的に右手で十字を切ったが、その手をポケットから出していなかった。そのためその仕種の効き目が消えたみたいで、悪魔は、ネクタイの結び目を整えながら、落ちつき払ってこう言った。

「ここに、書類かばんの中に、書類を入れておりまして……」

ぼくはどぎまぎしていた。ぼくが外出したときにとっていた姿勢で、色のあせた、おかしな服を着て家の敷居に立っているパウリーナがまた見えた。顔を傾けて頰笑み、手をエプロンの小さなポケットに入れている。

ぼくたちの運命はぼくの手中にあると思った。今夜、食べるものはほとんどない。明日はテーブルにご馳走が並ぶだろう。そして服や宝石、それに大きくて美しい家も。魂は？

ぼくがそんな思いに浸っているあいだに、悪魔はかさこそ音を立てる契約書を取り出していた。片方の手には針が輝いていた。

『きみが不自由しないよう、何でもあげる』。ぼくは妻に何度もそう言った。何でも。魂は？　ぼくの言葉を実現できる者が、今、目の前にいた。でもぼくは考え続けていた。疑っていた。めまいのようなものを感じていた。突然、決心した。

「手を打ちます。でも一つだけ条件があります」

悪魔は、針でぼくの腕をもう刺そうとしていたが、面食らったようだった。

「どんな条件？」

「映画の最後を見たいんです」とぼくは答えた。

「でも、あのダニエル・ブラウンの馬鹿がどうなろうとあなたには関係ないのでは！　それに、あれは作り話。放っておいて、サインなさってください、書類はすっかり整っております、あとはただあなたのサインが必要なのです、この線の上に」

悪魔の声は、金貨の音のように、思わせぶりで甲高かった。彼はつけ加えた。

「よろしければ、今すぐ前払いすることができます」

狡猾な商売人のようだった。ぼくはきっぱり断った。

「映画の最後を見ないといけないんです。その後でサインします」

「約束されますか？」

「ええ」

ぼくたちはふたたび場内に入った。ぼくはまったく見えなかったが、ぼくのガイドはやすやすと席を二つ見つける術を心得ていた。

スクリーンでは、つまりダニエル・ブラウンの人生では、いったいどんな不思議な事情によるのか分からないが、驚くべき変化が起きていた。

田舎の、荒れ果てた、みすぼらしい家。ブラウンの妻は火のそばにいて、食事の支度をしている。夕暮れ時で、ダニエルは鍬（くわ）をかついで畑から戻って来る。汗まみれで、へとへとになって、埃まみれの粗末な服を着ているが、それでも、幸せそうだった。

鍬に寄りかかって、戸口のそばで立ち止まった。妻が頬笑みながら、彼に近づく。二人は、夜の憩いと安らぎを告げながら、穏やかに終りつつある日を眺めた。ダニエルは優しく妻を見つめ、その後、家のこざっぱりとした貧しさを眺めまわしながら、訊く。

「でも、昔みたいな豊かさが恋しいんじゃないか？　ぼくたちが持っていたもの全部、いるんじゃないか？」

妻はゆっくり答えた。

「あなたの魂はそうしたもの全部よりも価値があるわ、ダニエル……」

農民の顔は明るくなっていき、彼の頬笑みは広がり、家全体を埋めつくし、風景からはみ出て行くようだった。音楽がその頬笑みからあふれ出て、少しずつ映像を溶かしていくようだった。そのとき、ダニエル・ブラウンの幸せな、みすぼらしい家から三つの白い文字が湧き出て、次第に大きくなって、やがてスクリーン全体を埋めつくした。

なぜか分からないが、突然、ぼくは、押し合いへしあいし、荒っぽく道を開けさせながら場内を出る群衆の中にいた。誰かがぼくの腕をつかみ、押さえつけようとする。ぼくは力いっぱい振り払い、すぐ通りに出た。

夜になっていた。足早に歩き始めたが、ますます速くなり、やがて駆けだした。家に着くまで振り返ることも、立ち止まることもしなかった。できるだけ気を落ち着けて中に入り、そっとドアを閉めた。

パウリーナが待っていた。

ぼくの首に腕をまわしながら、彼女が言う。

「ぴりぴりしてるみたい」

「ううん、別に、ただ……」

「映画が面白くなかったの?」

「いや、でも……」

ぼくは動揺していた。両手を目にもっていった。パウリーナはぼくを見つめていた。そしてその後、抑えきれなくなって、楽しそうにぼくのことを笑いに笑い始めた。ぼくは目がくらみ、まごつき、何を言ったらいいのか分からなかった。彼女は笑いながら、楽しげな非難の声を上げた。

「寝てたんじゃないの?」

その言葉がぼくを落ち着かせた。針路を示してくれた。恥じているかのように、ぼくは答えた。

「本当、寝てしまったんだ」

そしてその後、詫びるような口調で、つけ加えた。

「夢を見たんだ。話してあげる」

話し終わったとき、パウリーナは、あなたが話せる最高の映画ね、と言った。嬉しそうで、とても笑った。

それでも、ぼくが寝ようとするとき、彼女がこっそり、家の敷居に少しの灰で十字の印を描いているのが見えた。

神と私の間では、私が彼の条件を受け入れた瞬間から、すべてが片づいている。私は自分の意図を放棄し、使徒の仕事が終わったものと見なす。地獄は消滅させられることはないだろう。私としては、頑なであることは無益であり逆効果だろう。神はこのことに関しては明快で、はっきりしており、私が最後の提案をすることとさえさせなかった。

他の責務の中に、自分の弟子たちを振り向かせるというものがあった。もちろん、地上の弟子たちをだが。地獄の弟子たちは私が帰るのを冷ややかに待ち続けていることだろう。私は、約束された贖罪の代わりに、新たな責め苦を付け加えることしかしないだろう。希望という責め苦を。神はそうなることを望んだ。

私は、出発点に戻らなくてはならない。神は私を照らすことを拒んでおり、私は、間違った道を歩み続ける前に、つまり、このうえなく些細な命令を受ける直前にあったところに自分の心を置かなくてはならない。

私たちの対話は、私が地獄から連れ去られて以来、私が占めている場所で行われた。そこは、無限に向かって開いた、そして私の肉体がすっかり占拠した独房のようなものだ。神はすぐに駆けつけなかった。それどころか、待つことは一つの永遠に思え、そしてどうにもひどく後回しにされているとの思いが、それまでのあらゆる責め苦以上に私を苦しめた。過ぎ去った苦痛はある意味、楽しい思い出だった。自分が存在していることを確認し、自分の肉体の輪郭を感じる機会を与えてくれたからだ。そのかわり、そこでは、私は自分を雲と、影響を受けやすい大きな島と比べることができたが、その縁は次第に意識されなくなる状態になっていた。そのため、どこまで私が存在しているのか、どの点で私は無につながっているのか、知ることができなかった。

私の唯一の能力は、常にいっそうあふれ出し強力になる思考だった。孤独の中で、私は無数の道を歩き、その道を戻る時間をもった。想像上の建物を一つひとつ再建した。自分自身の迷宮で道に迷い、神の声が私を迎えに来たときにしか出口は見つからなかった。数限りない考えが逃げだし、私は自分の頭が突然空っぽになった大洋の底だと思った。

契約のすべての条件を出したのは神だった、そして私にはそれを受け入れる特権を取っておいてくれただけだった、と明らかにすることはむだである。彼は私の判断力を決して強めなかった。その裁量があまりに完璧であるため、彼の公平さは、私には慈悲の欠如のように思える。彼はただ私に二つの道を示しただけだった。私の人生を再開するか、それとも、ふたたび地獄に行くか。

考えるようなことじゃない、すぐに決めなくてはならない、と誰もが言うだろう。しかし私はひどくためらわなくてはならなかった。後戻りすることはやさしいことではない。それは誤りを取り消し、以前の人生の障害を克服しながら、新たに人生を開始することに他ならない。そして、このことは、大きな見識を見せなかった人間に対して忍従と平静を求めるのだが、神自身は、そのいずれもが私という人間にはないことに気づいている。もう一度誤ることは、そして救済への道が新たに深淵のほうにそれることは、難しくないかもしれない。

そのうえ、私の未来の行動には、一連の耐え難い行為や無数の屈辱がすっかり含まれている。私は降伏し、私の新たな立場を公表しなくてはならない。弟子たちも敵たちも、皆がそれを知らなくてはならない。修道院長たちは、彼らの権限を私は軽蔑したが、私の服従の完全な証拠を受け取ることだろう。そうした人たちの間にロレンソ師がいなければ、事はそれほど由々しいものにはならないと私は断言する。しかし、最初に気づき、私の救済の代理人として現れなくてはならないのは、まさしく彼なのだ。彼は、私の人生の厳格な監視を受けもち、私の行為の一つひとつが彼の目の前にさらけ出されるだろう。

地獄に戻るというのも気の滅入る考えだ。なぜならそれは、刑の言い渡しというだけのことではなく、もっと根本的なこと、つまり、私の仕事全部が失敗だったということでもあるのだから。地獄に私がいることはもはや意味がないし、たいしたことではない。神が私の夢に終止符を打ったからには、誰かを説得する資格、あるいは最も小さな希望をかき立てる資格もなしに戻ることになるのだから。このことは、地獄では誰もがだまされたと感じているはずというごく自然な状況を考慮に入れていない。彼らは私をペテン師、裏切り者と呼びながら、私の変化に悪意のある、歪曲した解釈をするだろう。そして間違いなく彼らは、好き勝手に、ひたすら私を永久（イン・アエテルヌム）に苛（さいな）むことだろう……。

そして私はここにいる、時の縁に、この上なく不安定な私の性質に支えられて、些細な恐怖について話し、自己愛を自慢しながら。なぜなら地獄で得た成功が忘れられないからだ。一つの勝利、あえて断言するが、それは地上の使徒たちが見たことのない勝利。それは壮大な光景であり、真ん中には、皆の手の中で光り輝く剣のように、増大した、揺るぎない私の信仰があった。

私はうつぶせになって地獄に落ちたが、一瞬もためらわなかった。闇の悪魔たちに囲まれたが、永遠の滅びの考えは私を思いとどまらせなかった。大勢の人間たちがぞっとしない機械で拷問を受けていた。しかし、痛ましいできごとのそれぞれに私の信仰は応えていた。神は私を試したがっているのだと。

地上で私の死刑執行人たちが私にもたらした苦しみは、中断されるようには見えず、きちんと続いていった。神自身、私の傷をすべて調べ、どれが浮世でつけられたものか、どれが悪魔の手になるものか、識別できなかった。

どれくらい地獄にいたかはわからないが、使徒職が偉大なものであり、その任期が速く過ぎるものであることははっきり覚えている。私は他人に自分自身の信念を伝える仕事に精力的に打ち込んだ。私たちは決定的に永劫の罰を受けているのではない。罰は、反抗的、絶望的な態度のせいで存続する。冒瀆するのではなく、犠牲的行為の、謙虚さの証拠を見せなくてはならない。苦痛は同じものであろうし、試してみることで何も失われはしないだろう。すぐに神は視線を私たちのほうに向け、私たちが彼の秘密の目的を理解したことに気づくだろう。炎は浄化の仕事を果たし、天国の門は最初に赦された者たちにいずれ開くことだろう。

すぐに私の希望の歌は舞い上がり始めた。信仰の泉は固くなった心を、忘れられた甘い口調で、生きとさせ始めた。確かに私は白状しないといけないが、多くの人にとってそれは、残酷な単調さが続く間の一種の目新しさを意味するものでしかなかった。しかし最も頑固な者たちでさえ、その歓声に集まった。そして、自分の立場を忘れ、敢然と私たちの仲間に加わった悪魔たちがいた。そのとき、驚くべきものが見えた。自らかまどに向かう、胸に熾火（おきび）や焼きごてを押し付ける、煮えたぎる大釜に飛び込む、長いグラスに入っている溶けた水銀を嬉々として飲む、そんな地獄に堕ちた人間たち。同情で震える悪魔たちは彼らのところに行き、休息をとらせ、その感動的な態度を一時中断させる。地獄は、卑しむべき救いがたい場所から、期待と改悛の聖なる避難所に変わってしまった。

今や彼らは何をするのだろうか？　反抗に、絶望に戻ってしまうのか、それとも天啓を受けた私のこの目ではもう見られない地獄に私が帰るのを今か今かと待っているのだろうか？

人間の言い分をすべて拒絶した、また、あらゆる拷問の後ろで神の顔が頬笑むのを見た、その私が、今や自分の失敗を打ち明けなくてはならない。私を失望させたのは神自身であり、ロレンソ師ではなかったことにほっとする。私の虚栄心をたっぷり罰するために、彼を私の救い主と認めるという犠牲を払うことが私に課せられた。そして拷問台では壊れなかった私の自尊心は、彼の残酷な目の前で屈することになるだろう。

そしてすべては、私が神の御心のままに生きたかったせいである。驚くべきことに、神の御心のままに生きることは最悪の結果をもたらす。盲目的信仰は神を傷つける。彼は油断のない、臆病な信仰を求める。私は意志をすっかり消滅させた。本能と徳が私の精神を、そして私の肉体を自由に巡った。分類することに専念するかわりに、私の静寂主義で一つの秘かな強力な炎ができるよう、信仰に全力を注いだ。そして行動を、地上に存在するものすべてを動かすその曖昧な普遍的な力の気まぐれに任せた。

こうしたことはすべて、突然、倒壊した。一般的な良心——私たち異端者の頭脳の空しい創造物——の保管所に送った善行悪行が私の個人的な会計簿に厳密に書きとめられていることに私が気づいたときに。神は私に収支と帳簿の存在を確認させ、一つひとつ私の間違いを指摘し、赤字の不名誉を私の目の前につきつけた。私に有利になるものは信仰しかなかった。すっかり間違った信仰、だがその支払い能力を神は認めようとした。

私の場合、予定説が立証されることは気づいているが、新たな試みをする間、私が無事でいられるかどうかはわからない。神は、私の迷いを繰り返し強め、一つの明白な証拠もないまま、私をその手から放す。私は、様々な道が私の未熟な目の前に開けるときと同じように、困惑する。人間の無能は注意深く復元された。私はすべてを夢の中のように見ており、たった一つの真実さえ荷物として持っていない。

少しずつ、私の肉体の境界は小さくなる。漠とした大陸は私という人間の塊に組み込まれていく。無意識の領域にこぼれた物質を皮膚が包み、制限するのを感じる。ゆっくり感覚がよみがえり、私を世界や世界のもつ物体と結びつける。

私は自分の独房に、床の上にいる。壁の十字架像を見る。片脚を動かし、額に触れる。唇が動く。もう生の息吹を感じ、恐ろしい言葉をはっきり発音する、口にする練習をしようとする。「私、アロンソ・デ・セディーリョは、撤回し、棄教する……」

その後、鉄格子の向こうに、手にランタンを持って、私を眺めているロレンソ師の姿がはっきりわかる。

神の沈黙

神に読んでもらうためにテーブルの上に手紙を広げたままにする、そんなことはふつうしないと思う。

すばやく流れる日々に追われ、執拗な思いに悩まされ、私は、薄暗い路地の突き当りのような今夜にたどり着いた。夜は私の背後に壁のようにあり、私の前に尽きせぬ問いのように広がっている。状況が私に一つの絶望的な行為を求め、私は、すべてを見る目の前にこの手紙を置く。私は子供の頃からしり込みし、今やついに陥っているこの時をいつも先送りしてきた。自分が最も悩み多き人間として誰かの前に現れようとしているのではない。そんなつもりはまったくない。近くに、あるいは遠くに、今夜のような夜に取り囲まれたことのある人たちが他にもいるに違いない。だが私は問う。生き続けるためにいったい彼らは何をしたのか？　少なくとも路地から生きて出られたのか？

私は話し、胸の内を打ち明ける必要がある。私の遭難メッセージには宛名がない。誰かがそれを拾う、そして私の手紙は、開いたまま、ぽつんと、荒海の上みたいに宙に漂うことはないと思いたい。

遭難した魂は取るに足りないものなのか？　何千もの魂が生の鍵を求めて立ち上がるが、立ち上がったその日から、支えがなくて、絶えず倒れる。しかし私はその鍵を知りたくない。宇宙がある理由を手中にしようとはしていない。賢人たちや聖人たちが光の空間で発見しなかったものをこの陰の時間に探すつもりはない。私の欲求は束の間のもの、私的なものだ。

私は善人でありたいし、いくつかの情報をひたすら求めている。それだけだ。私は、不確かさの渦巻くめまいの中でバランスを保っているものの、私の手は、結局は表面に出るのだが、つかまるための一本の糸さえ見つけられない。そして私に足りないものはほとんどないのだが、ただ、単純なその情報が必要なのだ。

しばらく前から私は自分の行動にある種の方向を与えてきた。私にはもっともと思えた方向づけを。そして今、ひどく不安になっている。間違いの餌食になっているのではないのかと危ぶんでいる。今日まで、何もかもがひどくうまくいっていないからだ。

私の善意の方策が爆発しやすい結果を常に生むことがわかると、すっかり騙された気分になる。私の天秤はうまく機能しない。善の材料を選ばせないような何かがある。常に、有害な粒子がくっついて、私の作ったものが私の手の中で破裂する。

私には善を生みだせないということなのか？　それを認めるのは心が痛むが、私は修行することができる。

誰にでも同じことが起きるのかどうかは知らない。私は、それとなく悪事を勧める愛想のいい悪魔に機嫌をとられて、人生を過ごしている。彼が神の許可をもらっているのかどうか知らない。確かなことは、私を片時もそっとしておいてくれないこと。誘惑にこの上ない魅力を添える術を知っている。鋭敏で、機知に富んでいる。手品師のように、この上なく無害なものから恐ろしいものを取り出し、また、フィルムのロールのように、想像の中に映写する大量の邪悪な考えを常に備えている。私は心から言う。私は故意に悪に向かわない。彼は行路を容易にし、あらゆる道を坂にする。彼は私の人生の妨害者なのだ。

誰かが関心をもつかも知れないので、私の心の伝記の最初の出来事をここに書き留める。小学校の低学年の頃、ある日、人生は、神秘的な、魅力的なことを知っていて、それをこっそり伝えている数人の子たちに私を接触させた。

もちろん私は、幸せな子供たちの中に含まれていない。重い秘密を抱える幼い魂は飛ぶことが下手なものであり、錘(おもり)をつけられて高みに行けない天使である。私の子供時代は、穏やかな風景で飾られたが、しばしば嘆かわしい染みを見せつける。悪魔は、幽霊にぴったりの現れ方をし、私の夢に悪夢の回転を与え、たわいもない思い出に刺すようなひどい味を加えた。

神が私のすべての行ないを見ていると知ったとき、私は悪い行いを暗い片隅に置いて、神から隠そうとした。しかし結局、大人たちの指図に従い、私の秘密を、裁いてもらえるよう、公開した。私は、神と私の間には、仲介者たちがいることを知った。そして、長い間、私は彼らを介して自分のことを処理することになった。やがて、子供時代が終わった悪しき日に、自分のことは自分で対処しようとしたときまで。

すると問題が生じたが、私はいつもその検討を先延ばしにした。私はそうしたものの前で後ずさりし、その脅迫から逃げ、日々目を閉じて暮らし始め、善悪共に、それぞれの仕事をさせておいた。やがてあるとき、ふたたび目を開けると、私は二人のたくましい競争相手の一人の味方になった。

騎士のような気分で、私は弱いほうの側についた。私たちが手を組んだ結果はどうなったか。

私たちはすべての戦いに負けた。敵とのあらゆる交戦で常にたたきのめされて抜け出し、今はここで、この記念すべき夜に、ふたたび退却している。

なぜ善はそれほど無防備なのか？　なぜそんなにも速く崩壊するのか？　数時間かけて注意深く砦を作り上げたとたん、一分の打撃が構造全体をだめにする。夜ごと私は、破壊された日、美しく愛情をこめて作り上げた日の瓦礫に押しつぶされている。

いつか私は二度と起き上がらない、そしてトカゲのように廃墟の中で生きる決心をする、そんな気がする。今、例えば、私の手は明日仕事をするには疲れている。そして眠りが来なければ、それがこの日の辛い勘定を清算するためのささやかな死のような眠りであるとしても、私は自らの復活を徒（いたずら）に待つことだろう。闇の力が私の魂の中で生き、それが私の魂を、きりもみさせながら、加速した滝に向けて押しやるのを放っておくだろう。

しかしまた、私は尋ねる。人は悪のために生きうるのか？

善に対するざわめく欲求を心で感じない悪人たちはどうやって自分を慰めるのか？　そして悪意のあ

る行為それぞれの背後に懲罰軍が隠れていたら、どうやって彼らは身を守るのだろう？　私に関する限り、いつもその戦いに負けた。そしていくつもの後悔の群れが、剣士のように、今夜の路地まで私を追いかける。

私は、何度も、実に規律正しい、勝ち誇った行動の大隊を満足げに閲兵したことがあるが、彼らは敵のことをほんの少し思い出しただけで逃げ出してしまった。自分が邪悪であることを受け入れられる機会がない、ただそれだけのことで、私は何度も自分を善良な人間にしているということを認めなくてはならない。そして悪がそのあらゆる魅力を私の手の届くところに置いたとき、自分がどこまで近づけたか、苦々しく思い出す。

そのとき、私は、自分に与えられた魂を導くために、この上なく切迫した口調で、一つの情報を、しるしを、羅針盤をくれと言う。

世界の光景は私を誤った方向に導いた。そこには偶然が入り込み、すべてを混乱させる。一連の事実を拾い集め、それを対照するための余地はない。経験は、いつも私たちの行為の後に生まれてくるが、教訓と同じで役に立たない。

私は、自分のまわりの人たちが人目につかない、説明のつかない生活を送っているのを目にする。私は、子供たちが汚された言葉を飲んでいるのを、そして人生が許しがたい乳母のようにその子たちを毒で育てているのを目にする。私は、人々が永遠の言葉を議論し、自分を神のお気に入り、神に選ばれた者と言うのを目にする。何世紀にも渡って、残虐で愚かな人の群れが見られる。そして突然、ここかしこに、聖なるしるしをつけられたような魂が。

私は、動物たちが自らの運命に穏やかに耐え、異なる規範の下で生きているのを、野菜が神秘的な力強い生の後、消費されるのを、そして、硬くて物言わぬ鉱物を見つめる。

謎が絶えず私の心に落ちる。内部の生気が生長させる種のように密閉されて。

神の手が地上に残した足跡の一つひとつから、私はその跡を識別し、後を追う。夜のはっきりしない物音に耳を澄まし、突然広がり、そして一つの音に中断される沈黙に身をかがめる。私はうかがい、底まで行こうとする、すべての集まりの中に乗り込もうと、全体に加わろうとする。しかし私はいつも孤立している。無知で、ひとりきりで、いつも岸辺にいる。

そのとき私は、その岸辺から、桟橋から、沈黙の中に消えることになるこの手紙を送る……。

実際、君の手紙は沈黙に消えていってしまった。しかし、たまたまわたしはそのとき、そこにいた。沈黙の回廊はとても広大で、久しく訪れていなかった。

世の始まりからそうしたものはすべてここに行きついている。地上のメッセージを伝える役を果たすことを専門にする、大勢の天使がいる。メッセージは、注意深く分類された後、沈黙のあちこちに並べられたいくつかの整理棚に保管される。

驚くことはない。わたしは、習慣に従い、永久に保管されなくてはならないような手紙に答えているのだから。君自身が求めたように、わたしは、君の手に世界の秘密を置くことはせず、有用な指示をいくつか与えよう。君は、十分分別があるので、わたしを自分の味方につけていると判断しないだろうし、また、明日から君が天啓を受けた者として振舞うような理由もまったくないと思う。

それはそれとして、わたしの手紙は言葉で書かれる。明らかに人間的な素材であり、私の介在はその言葉の中に跡を残さない。最も広々としたものを扱うことに慣れているので、小石のように滑りやすいこうした小さなしるしはわたしにはあまり適していない。適切に自分の考えを述べるには、わたしの本質に条件づけられた言語を用いなくてはならないだろう。しかしそのときにはわたしたちは自らの永遠に変わらぬ立場に戻り、君はわたしを理解しないままになるだろう。だから君は、わたしの言葉の中に崇高な属性を探してはならない。それは、わたしが未経験で利用する無色の、当然謙虚な、君自身の言葉なのだ。

君の手紙にはわたしの好きな口調がある。非難か祈願だけを聞くことに慣れていると、君の声には目新しさの音色がそなわっていることがわかる。内容は古いが、君の声の中には誠実さが、悲しみにくれる息子の嘆きがあり、高慢さは欠如している。

人間たちは二つの方法でわたしに話しかけていることを理解しなさい。聖人の恍惚か、それとも無神論者の冒瀆かで。ここまで来るために、大半の者は機械化された祈りに体系化された言葉を使ってもいるが、その祈りは、感動した魂によって新たな感情に覆われるときを除けば、たいてい空疎なものとなる。

君は落ち着いて話す。そして、まるであらかじめ知っているかのように、手紙は沈黙の中に消える、とひどく生真面目に言ったが、君が非難されるのはそのことだけかもしれない。君が手紙を書き終えたとき、わたしがそこにいたのは偶然だった。わたしが訪問を少し遅らせば、君の情熱的な言葉を読むときには、おそらくもう地上には君の骨の粉すら存在していないだろう。

君にはわたしが眺めているように世界を見てもらいたい。壮大な実験のようなものとして。今までその結果はそれほどはっきりしていないし、実を言えば、人間たちはわたしが想定したよりもずっと多くのものを破壊した。彼らがすべてを終わらせることは難しくないと思う。彼らが少しばかり自由を悪用したら。

君は、わたしが辛い思いで徹底的に調べている問題にほとんど触れていない。すべての人間に苦しみがある。子供たちの苦しみ、純粋さの点で子供たちによく似ている動物たちの苦しみ。子供たちが苦しむのを見ると、彼らを永久に救う、つまり大人にならないようにしてやりたい。だがわたしはまだ、もう少し待たねばならないが、自信をもって待つ。

君がもっている自由の断片に君も耐えられないのであれば、君の魂の位置を変えて、ただ消極的に、謙虚になりなさい。人生が君の手中に置くものを感激して受け取りなさい。そして天上の果実を得ようとしてはならない。そんなに遠くに行ってはならない。

君が求める羅針盤に関しては、わたしは、君のためにそれを一つ、どこかに置いた、そしてもう一つ与えることはできない、とはっきり言っておかねばならない。わたしが君に与えられそうなものはすでに与えているということを思い出しなさい。

おそらく、君は何かの宗教の中でくつろぐのがいいのかもしれない。このことも君の見識に任せる。わたしはそのうちのどれかを勧めることはできない。なぜならわたしはそうするには最もふさわしくないからだ。ともかく、それについて考えなさい。そして、君の中にそれを求める心からの声があれば、決めなさい。

私が君に勧められることは、そしてそれはわたしが時間をかけてしていることでもあるのだが、辛い研究に従事するかわりに、むしろ君を取り囲んでいる小さな宇宙の観察に専念すること。日々の軌跡を注意深く記録し、心に美しさを受け入れなさい。言葉で表せないメッセージを受け取り、君の言葉で表現しなさい。

君には行動力が不足している、まだ君は仕事の意味を深く理解していない、とわたしは思う。君は、君の欲求を満たし、数時間しか自由にさせてくれないような仕事を何か探さなくてはならないのかもしれない。このことに最大の注意を払いなさい。これは君にとてもふさわしい助言だ。人は、よく働いた一日の終わりに、このような夜に出くわすことはめったにない。幸い、君は、深い眠りについてその夜を過ごしつつあるが。

君に代わって、わたしは、庭師の職を探す、あるいは自分で菜園を耕すかもしれない。私は、そこにある花々とともに、そして花を訪れる蝶たちとともに、私の人生を楽しませてくれるものを十分手にするだろう。

とても孤独を感じるなら、他の魂たちの仲間を探しなさい。そしてよく付き合いなさい。しかし、それぞれの魂は孤独のために特別に作られていることを忘れないように。

君のテーブルの上に別の手紙を見てみたい。不愉快なことに関わることを断念するのであれば、わたしに手紙を書きなさい。話すべき話題はたくさんあるが、きっと君の人生ではほんの少ししか話せないだろう。この上なく美しいものを選ぼう。

署名の代わりに、そしてこの手紙が本物であると証明するために（自分は夢を見ていると思ってはならない）、わたしは君に一つのことを提案しよう。つまり、わたしは日中に君の前に現れる、わたしであることが君に容易にわかるやり方で、例えば……。しかし、だめだ、君がひとりで、君だけでそれを発見しなくてはならない。

「私の扶持(ふち)のことで、私たちの友人が不注意だったことにいたく気分を害しています……。

そうしたことで私の扶持がいかなる遅延や変更にもあわないことはあたりまえです……。

お教えください、私の扶持にどのような責任があるのか、私の信用がどのような罪を犯したがゆえに、きっちり期日どおりに支払われないのか……?

私の扶持の千レアルは、今から聖ペテロに……。

それゆえ、ペドロ・アロンソ・デ・バエナに、今から今年の年末までの月々の私の扶持に相当する八千五百レアルの為替手形を私に送らせるよう、貴方にお頼みしました……。

ペドロ・アロンソ・デ・バエナに私の扶持に相当するものを送るようドン・アグスティン・フィエス

コが手紙を書くことで話がまとまりました……。

また、月六百レアルは侍者の扶持ではありえないと私たちの友人にご指摘いただきますよう、お願い申し上げます……。

彼らとのいざこざを回避し、同じようにして私の六月の扶持を求めることは、わたしにはとてもありがたいことになることでしょう……。

扶持で生きる者に帰りのラバはいない……。

後生ですから、こうした人々に満足を与え、六月の扶持で私をお救いくださいますよう……。

今から十二月末までの五百レアルでは、蟻でもやっていけません、ましてや名誉を重んじる者ならなおさら……。

明日、一月になります。一年の、そして私の扶持の始まり……。

友人が今から十月まで私の扶持を引き上げるよう、貴方にお頼みします……・。

私は、四旬節で、その友人が食事同様気持ちを変えると思いました。しかし、彼はこの扶持をこれまでのものよりもひどく扱っているようです。なぜなら、彼は、私の扶持に対して策を講じ、教会が求めていないのに、私を日曜でさえ絶食させるからです……。

書くことに対する今年の扶持はほとんどありませんでしたし、施しに対するものはもっと少なくなりつつあります、なぜなら無きに等しいものですので……。

先払いの扶持なしにいるというのは死ぬということです……。

扶持のことでお願い致しておりますことで、もう一度ご迷惑をおかけすることは望ましいことではありません……。

そして、私のこのわずかばかりの扶持を、夕食はしなくても昼食ができるようなものにしましょう……。

こうしたことすべてを解決していただきますようお願い申し上げます。もう自分のことも、また自分の扶持のことさえも覚えていませんので……。

（腸詰のほうがいい／グリルの上ではじけている……）

私は死にます、そして私の信用はなおさら。そのお人なりにふさわしく、私の扶持を一括して支給させることで、お助けくださらないのであれば……。

私の扶持が他の人たちと違う条件であるのかどうか、あるいは、不運にも私は他の人たちよりもうぬぼれが強いのか知りたく思います……。

私たちの友人は、私の性格をめぐって高くつく実験をしています。わたしを何日も断食させて、おそらく、私が天使としてもっているものを調べているのです。

拝啓、ドン・フランシスコ。貴方は風車をいくつもお持ちですが、粉屋は弦楽器（シトル）の音ではなく漏斗状貯蔵槽（ホッパー）からの小麦を食べていることをご存知で……。

ドン・フェルナンド・デ・コルドバ・イ・カルドナの助力があるとして、私の貧しい食事にどのような責任があるのでしょう？

そして私の扶持が増加することを保証しうるような他の何かが……。

今年わたしが受け取るべき扶持を私に与えるよう私に代わって彼にお頼みいただきますようお願い申

し上げます……。

扶持を延期するばかりか、今もしているように、それを滞らせるための彼の作り話です……。

これほど無情にも、わたしをこれほどわずかな扶持にすがらせておかないでください……。

私の扶持に関しましては、このところずっと数限りなく必要に迫られてきました……。

すでに私たちは、扶持のうちの一マラベディも目にすることなく四か月になります……。

扶持を当てにして、乾いたオレンジの花、つまりすでに蒸留器で蒸留されたものを、四アローバ買うようお申し付けください。

扶持のことで私を見棄てないとお約束いただきましたことにつきましては、彼らが手にするマラベディと同じくらい何度も、御手に口づけいたします……。

私の扶持の未払い分になる額を、分割ではなく、その証書で一度に送っていただくことはどれほど理にかなったことでしょう……。

私は私の扶持の保証を待っています……。

私の扶持のうち、今月末まで、八百、いや八百五十レアルが残ります……。

八月末、つまり今日までの、そして明日から始まる九月の私の扶持の残額になる二千五百五十レアルを今、私に与えるようドン・アグスティン・フィエスコと話をつけましたので、その九月末まで私は食べていけます……。

そのことでお間違いがないようお願い申し上げます。信用だけでなく、結果によっては、いくつかの扶持の手続きが関わっておりますので……。

ひと月分の扶持を先払いしてもらうことはおかしなことではありえません……。

支払いはそんなに迅速ではないし、その確実性も私の扶持以下……。

私に背を向け、フィエスコ家に私の扶持さえ拒むよう手紙を書かねばなりませんか？

そのためには私の扶持の支給額を少し増やす必要があります……。

彼は私の扶持を三日前に先払いしようとしませんでした……。

どうか私をお助けください。これほど僅かな扶持では支払いがまったくできませんので……。

扶持の先払いに対して、貴方の御手に何度も口づけ致します……。

二か月分の未払の扶持に対して特別のおはからいをいただけますよう、お願い申し上げます……。

貴方が私をお置きになった状況よりもいっそう苦しくなっております。そしてあまりにひどいので、この二週間を食べるために黒檀の書き物机を売らなくてはなりませんでしたが、私の扶持の遅配に対する失望は長引くかもしれません……。

クリストバル・デ・エレディアのおかげで、付けでパンを売ってくれる人たちがおり、それをルテの揚げベーコンといっしょに食べています……。

快適さの光も薄明りさえもありません。私が生きているのは夜、そしてもっと悪いことに、その中で夕食に食べるものもなく……。

貴方とは同じ釜の飯を食う、そんな仲と私のことを思っていただきたいものです。そしてそうであれば、貴方のテーブルの下で、貴方のパンくずを食べますし、すぐにパンの一切れを落とされるようお頼みします……。

私は神と世の中にぼやいていますが、私はどこでも、とりわけマドリッド、扶持をたっぷり与えてくれるところでは、ドン・ルイス・デ・ゴンゴラである、と人は言うでしょう……。

食べさせていただいていることに対して、御手に口づけ致します……。

この場所に大切な人間に対して八百レアルはわずかな扶持ですから……。

そして私は一糸もまとわず冬の敷居にいますが、ひと月半分の扶持が先払いされれば、食べることができます……」

ドン・ルイス・デ・ゴンゴラ・イ・アルゴーテ『書簡集』

評判

礼儀作法は得意じゃない。バスの中では、本を読んだり、意気消沈しているふりをしたりして、いつもこの欠点を隠そうとしている。でも今日、告知する天使にどことなく似た女性が前に立ったとき、知らないまに座席から立ち上がっていた。

そんな何気ない表情のおかげで得をしたご婦人は、感極まったように礼を述べたが、その言葉が二、三人の乗客の注意をひいた。まもなく隣の席が空くと、その天使は、意味ありげな軽い仕種で、その席を僕に勧め、ほっとしたような美しい面持ちになった。僕は、何の心配もなく乗っていけそうと思い、そこに坐った。

でも、不思議なことに、その日は僕の当たり日だった。明らかに翼のない別の女性がバスに乗り込んできた。ことを元どおりにするいいチャンスが巡ってきた。でもそれを利用しなかった。当然、坐りつづけることもできた。そうすれば誤った評判の芽をつむことができる。でも、弱気になり、そして隣にいる連れとはもう約束していると思い、急いで立ち上がって、乗ってきたばかりの女性にうやうやしく席を譲った。彼女は、これまでの人生で誰からもそんなふうに敬意を払われたことがなかったようだ。しどろもどろに感謝の言葉を極端なくらい口にした。

今度はもう、僕の礼儀正しさを、にっこり笑って褒めてくれたのは二、三人じゃなかった。少なくとも半数の乗客が、「これが紳士」と言うかのように、じっと僕を見つめた。バスを降りようと思ったが、すぐにそんな考えは棄てた。その状況を素直に受け入れ、こんなことはこれで終わるという希望をかき立てて。

通りを二つ進んだところで、乗客が一人、降りた。バスの反対の端から、一人の女性が、空いた席につくよう指図した。彼女は目配せだけでそうしたのだが、それがとても高圧的だったので、僕より先に坐ろうとしていた男の動きを止めた。そしてとても優しくもあったので、僕は、揺れながら通路を進み、その座席、貴賓席についた。立っている数人の男性の乗客たちがばかにするかのように頬笑んだ。僕は彼らの妬みや嫉妬、恨みに気づき、少し動転した。逆に、女性たちは、何も言わずに、熱烈に賛成して味方してくれるようだった。

前のよりずっと重要な、新たな試練が次の角で待ち受けていた。二人の小さな子を連れた女性がバスに乗ったのだ。腕に抱かれた幼児とよちよち歩きの子供。全員一致の命令に従って、僕はすぐさま立ち上がり、憐みを誘うその一団を迎えに行った。女性は、やっかいなことに荷物を二つ三つ持っていて、少なくとも半ブロックは走らなくてはならなかったし、大きなハンドバッグを開けることができなかった。僕は、できる限り効率よく彼女を助け、子供と荷物から解放し、子供たちの料金免除を車掌と交渉した。女性はついに僕の座席に落ち着いたが、女性陣の監視がその席を空席のまま闖入者たちから守っていた。僕は上の子の小さな手を放さなかった。

乗客と僕との約束は、決定的に増えてしまった。皆、どんなことでも僕に期待していた。そのとき僕は、騎士道と弱者保護に対する女性の理想像を体現していた。責任感が僕の体を息のつまる鎧のように圧迫し、僕は脇腹に立派な剣がないのを物足りなく思っていた。なぜなら重大なことが起こり続けていたからだ。たとえば、男性の乗客がとあるご婦人にしつこくつきまとえば、そんなことはバスの中ではぜんぜん珍しくもないのだが、僕はその乱暴者をたしなめ、立ち向かうことさえしなくてはならなかった。いずれにしても、女性たちは騎士の鑑バヤールのような僕の反応にすっかり安心しているみたいだった。僕は自分が芝居をしかかっているような気がした。

そんなとき、僕が降りなくてはならない角に着いた。自分の家が、まるで約束の地みたいに、遠くに見える。でも、降りなかった。身動きできず、バスの始動音に、これはきっと大西洋横断の冒険なんだという思いにさせられた。すぐに我に返った。気楽に見棄てることはできなかった。僕に信頼を寄せ、司令部を任せてくれた女性たちの期待を裏切れなかった。それに、白状しないといけないが、僕が降りると、それまで抑えられていた衝動が解き放たれるのではという思いに、気おくれしていた。僕は大部分の女性の支持を得ているものの、男性の間の評判についてはそんなに安穏としていられなかった。僕が降りると、背後で喝采や野次が爆発しかねなかった。そして僕はそんな危険を冒したくなかった。僕がいないのをいいことに、僕を恨んでいた男が好き勝手をしはじめるのでは？　乗り続けることに、そして、ターミナルで、皆が無事であるのを見届け、最後に降りることに決めた。

女性たちは、一人また一人、それぞれ目的の角で、無事に降りた。運転手は、すごい！　バスを歩道にぴったり寄せて、完全に停止し、ご婦人たちが両足を大地につけるのを待っていた。最後の瞬間、それぞれの顔に好意的な表情が、心のこもった別れをかすかに感じさせるようなものが見えた。子供を連れた女性は、僕の手を借りて、最後に降りた。その前に二度子供っぽいキスをしたが、それは、後悔のように、まだ僕の心の中を動き回っている。

僕は、何一つ目を奪うもののない、ほとんど開けていない、わびしい街角で降りた。心にはまだ使われていないヒロイズムがたっぷりあったが、バスは、紳士という僕の評判を定着させた、あの偶然乗り合わせた寄せ集めの一団を欠いたまま、遠ざかって行った。

物語歌謡（コリード）

サポトランに、なぜかはわからないが、アメカと呼ばれる広場がある。敷石で舗装された広い通りが大きな壁に突き当たって二つにわかれる。その三叉路から村はトウモロコシ畑に通じる。

それが小さなアメカ広場（プラスエラ・デ・アメカ）で、まわりには三叉路の突き当りの角と大きな玄関の家々がある。そしてそこで、昔、ある日の午後、二人のライバルがたまたま出くわした。しかし、あいだにひとりの女の子がいた。

プラスエラ・デ・アメカは荷馬車が行き来する。そして車輪は穴だらけの地面をすりつぶし、細かく、細かくする。風が吹くと、テペタテ土の埃が目を焼く。そしてそこにはつい先ごろまで、水道栓があった。蛇口が二つついた水道管、青銅の水栓、石の水盤。

取っ手のついた赤い壺をもった女の子が、二つに分かれる広い通りを通って、最初にやって来た。ライバルたちは、大きな壁のところで出くわすことも知らずに、横の通りを彼女に向かって歩いていた。彼らと女の子は、運命に従い、それぞれがそれぞれの道を進んでいるようだった。

女の子は水のところに行き、水栓をひねった。その瞬間、二人の男は姿を現して立ち止まり、たがいの関心が同じであることを知った。それぞれが進んできた通りはそこで終わっていた。そしてどちらも先に進もうとしなかった。交わされる視線は険悪なものになっていったが、どちらも目を伏せなかった。

「なあ、何をじろじろ見てんだ」

「何を見ようが、おかしくないだろ」

口には出さなかったが、そんなふうなことを言い合ったようだ。視線がすべてを語っていた。そして、失せやがれ、おまえこそ消えろ、といった言い合いはなかった。近所の人たちがわざと無人にしておいたようなその広場で、事は始まろうとしていた。

流れ出る水は、壺を満たすと同時に、喧嘩する気分を高めていった。その音だけがまわりの完全な静寂の邪魔をしていた。女の子は、水がすでにあふれ出ていることに気づき、水栓を締めた。肩に壺をのせると、おびえて、駆け出さんばかりとなった。

彼女に用があった男たちは、機をうかがい緊張の極みにあった。相手の目の黒い点に心を奪われて、まだ跳びかからずにいる闘鶏たちみたいに。女の子は、反対側の歩道に上がるとき足を踏み外し、壺と水が地面で粉々になった。

それがまさしく合図となった。一人はナイフを、本当に大きなものを、もう一人は山刀(マチェテ)を持っていた。そして、肩掛け(サラペ)で攻撃を少しやわらげながらの斬り合いになった。女の子が残したのは小さな水たまりだけで、二人はそこで壺の破片のために戦い続けていた。

二人とも勇敢で、二人とも急所を突いた。午後は過ぎていき、そして止まった。二人とも仰向けになってそこにいた。一人は首を切られ、もう一人は頭を割られて。巧みな闘鶏のように、一方だけにかすかな荒い息づかいが残る。

その後、日暮れに大勢の人がやって来た。祈り始める女たち、おそらく話を聞こうとしている男たち。死にゆく男の一人は、何かを言うことができた。つまり、あいつもくたばったか、と彼は訊いた。

その後、女の子が介在していることがわかった。そして砕けた壺の女の子には、その喧嘩をめぐる悪い評判がついてまわった。結婚さえしなかったと言われている。ヒロタン・デ・ロス・ドローレスまで行ったとしても、その悪名は、彼女とともに、もしかすると、彼女より先に、そこに着いていたことだろう。

下手な修理をした靴職人への手紙

前略

靴の修理に対する請求額は素直にお支払いしましたので、この手紙にはきっと驚かれることでしょうが、出さざるをえませんでした。

最初、私は、どうにもひどいことが起きたことに気づきませんでした。私は、長くもつぞ、と靴に予言してやりながら、今まさに節約できたことに満足し、大喜びで靴を受け取りました。数ペソで、新品の靴。（これはまさしくあなたの言葉でしたが、繰り返させていただきます。）

しかし、私の興奮はすぐ冷めました。家に帰ると、靴をじっくり調べました。少し形がゆがみ、かなり固く、乾燥しているようでした。こうした変貌を問題視したくありませんでした。私は道理をわきまえています。修理された靴というものには少しおかしなところがあり、たいていは気を滅入らせるような、新たな様相を呈するものです。

ここで、私の靴は完全にだめになっていたわけではないということを思い出していただかなくてはなりません。あなたは、ご自分で、靴の材質の良さと完璧な出来栄えに称賛の言葉を述べられたのです。その製造元をとても褒められさえしました。要するに、新品同様の靴になることを約束なさったのです。

さて、私は、翌日まで待つことができず、靴を脱いで、あなたの約束を確かめました。そしてここで、足をずきずきさせながら、あなたに手紙を書いています。努力が報われず、つい口にする乱暴な言葉をお聞かせする代わりに。

私の足は靴に入りませんでした。どんな人とも同じように、私の足は柔らかく敏感な素材でできています。私は鉄の靴を前にしました。どのようにして、どんな技術を用いて、あなたがうまく私の靴を役に立たないものにしたのかわかりません。それは、あそこ、片隅で、爪先をねじらせて、からかうように私にウインクしています。

私の努力がすべて無に帰したとき、私はあなたがされた仕事を入念に検討し始めました。お知らせしなければなりませんが、私には靴の素材に関する知識はまったくありません。私が知っているのは、私を苦しめた靴があること、そして逆に、愛おしく思い出される、柔らかくてしなやかな靴があったということだけです。

あなたに修理をお頼みした靴は称賛に値する靴で、何か月もの間、私に誠実に仕えてくれました。私の足はその中では水を得た魚のようでした。靴というより、私の体の一部、私の歩みに確かさと揺るぎなさを与えてくれる保護用の緩衝材みたいでした。その革は実際、抵抗力のある健康そうな私の皮膚でした。ただ、もう疲れを見せていました。とりわけ底が。広く、ひどくすり減っているところが、私という人間にとって靴は異物になってきている、すり切れてしまうとわからせてくれました。あなたにお持ちしたときには、もう靴下が見えそうになっていました。

　かかとについても、少しお話ししなくてはならないのかもしれません。私は歩き方が悪く、かかとは、私が直せないでいる昔からの悪い癖の影響を如実に物語っています。

　私は靴の寿命を延ばすことを強く望んでいました。その野心は非難されるべきものとは思えません。逆に、倹（つま）しさのしるしであり、ある種の謙虚さをはらんでいます。靴を捨てるかわりに、最初の時期ほどの輝きもなければ華やかでもない、そんな第二期のあいだ、それを使うつもりでした。それに、履物をよみがえらせるという、私たち、控えめな人間がもつこの習慣は、私が間違っていないとすれば、あなたのような人たちの生活様式（モドゥス・ウィウィエンディ）でもあります。

　あなたの修理作業に対して私が行った調査からはとてもひどい結論が導き出されたと言わざるをえません。例えば、あなたはご自分の職業を愛しておられないということ。もしもあなたが、憤りをすっかり脇に置いて、拙宅にお越しになれば、私の靴をご覧になられたとたん、私の言うとおりであると仰るに違いありません。縫い目のひどさをご覧になってください。目の見えない人でもそんなにひどくできるものではありません。革はどういうわけかぞんざいに裁断されています。底の縁はぎざぎざで、危険なくらい尖(とが)っています。きっとあなたの仕事場には木型がないのでしょう。なぜなら私の靴はいわく言い難い様相を呈しているからです。思い出していただきたいのですが、私の靴は、使い古されてはいましたが、一種美的なラインを保っていました。それが今は……。

でも靴の内部に手を入れてみてください。気味の悪い空洞を感じとられることでしょう。足は、中に入るには、爬虫類に変身しなくてはならないのかもしれません。そして突然、指先に届く直前、障害物に、セメントのブロックみたいなものにぶつかります。まさか！　私の足は、靴屋さん、足の形をしており、あなたが人間の手足をお持ちということであれば、あなたの足と同じようなものなのです。

しかし、もうこれくらいでいいでしょう。あなたはご自分の職業を愛しておられないと私は前に言いましたが、それは確かです。それはまた、あなたにとってとても悲しいことであり、そして、乱費するお金をきっと持ちあわせていないお客さんたちにとっては危険なことです。

ところで、私は損得に動かされてお話ししているのではありません。私は貧しいですが、けちではないのです。この手紙は、あなたの破壊作業に対してお支払いした金額が返金されることを求めるものではありません。まったく違います。あなたがご自身の仕事を愛されるようお勧めするために書いているだけです。私の靴の悲劇をお話ししているのは、あなたの両手に生活がかかっているその職業に、若いころ、あなたが喜んで学ばれたその職業に敬意を抱いていただくためなのです……。失礼、あなたはまだお若いですね。靴をどうやって直すか、それをお忘れになったのであれば、少なくとも、もう一度始める時間はあります。

私たちには、昔の職人のような、腕のいい職人が必要なのです、お客さんからお金を得るためだけに働くのではなく、仕事に具わる神聖な教えを実践するために働くような。その教えは私の靴の中では、容赦なく愚弄されています。

子供のころ、私の靴を熱心に、また、丁寧に直してくれた私の村の職人についてお話ししたいものです。しかしこの手紙は、いくつも例を挙げてあなたを教化しようというようなものではありません。

一つだけ申し上げたいことがあります。仮にあなたが、腹を立てるのではなく、あなたの心に何かが生まれ、それが呵責(かしゃく)のようなものになってあなたの手に届くのをお感じになられるのであれば、拙宅にお越しいただき、私の靴を手に取り、その靴に二度目の作業を試みてください。そうすればすべてまるく収まります。

私の足が靴の中に入ることができれば、私は、あなたに美しい感謝の手紙を書き、その手紙の中で、あなたを礼儀正しい人、職人の鑑(かがみ)として紹介することをお約束します。

草々

訳者あとがき

本書は、Juan José Arreola, *Confabulario*, BOOKET, 2017 の全訳である。邦題は『共謀綺談』となっているが、これは苦肉の策。なぜなら原題をうまく日本語に訳せないからだ。英語、イタリア語、ポルトガル語の翻訳者はタイトルをそれぞれの言語にするのを諦めて、そのまま Confabulario としている。ドイツ語は Konfabularium と若干綴りと語尾が変わるが、ほぼ同じ。ただ、フランス語の翻訳者は、Le Fablier (Confabulario)、つまり『寓話集（コンファブラリオ）』として、なんとか内容を示そうと苦労しているが、Fablier = Confabulario とはならない。ちなみに昨年（二〇一七年）に出版された中国語版のタイトルは『寓言集』だが、これも同じ。

筆者はこれまでこの作品に触れるときは『共謀』というタイトルを踏襲してきた。ただ、この『共謀』というタイトルはすべてを言い表していないことは知っていた。原題 Confabulario はアレオラの造語であるということをどこかで読んだ覚えがあったからだ。今回本書を訳すにあたって、まさか昨今の映画タイトルのように、そのまま原語をカタカナにして『コンファブラリオ』とするわけにもいかない。先に挙げた言語を母語とする人たちは何となく理解できるらしいが、日本語で『コンファブラリオ』では何のことかわからない。そこでまず、造語の由来をつきとめるために、手を尽くしたが、どこにも見つからない。だが、困り果てているとき、メキシコ人の友人が見つけてくれた。それは、アレオラが息子のオルソに自分の過去を話し、オルソがそれをまとめた『最後の旅芸人――ファン・ホセ・アレオラ回想録』(一九九八)にあった。アレオラはその中で次のように語っている。

Confabulario に話を戻すが、ホアキン・ディエス=カネドだったんだ。パブロ、エンリケ・ゴンサレス・カサノバ兄弟の家で、パリに旅するパブロと奥さんの送別会の間に、彼が私に尋ねた、今書いてる新作はもう終わったか、どんなタイトルにするつもりだ、と。わたしは、ああ終わったよ、Confabulaciones か、たぶん Fabulario になる、と答えると、即座に彼は、「なぜ、Confabulario じゃないんだ」と言った。そうして彼は、わたしの本の名付け親になった。そして、彼は実にうまかったと思う。この作品が運よく広まったから。

こうして、造語であると言う確証は得られ、では同じことを日本語でしてみようと思い立ったものの、これが超難問。Confabulaciones は confabulación(共謀、陰謀、たくらみ、密談、結託)の複数形。そして Fabulario は、今では、寓話集、物語集、お伽噺集の意味で使われている。この二つを単純にくっつけて、『共謀寓話集』とすることができれば簡単だが、そうはいかない。「共謀」という言葉は、なんだか怪しげな、不審な雰囲気を漂わせるし、また、「寓話集」とするのも、あとで触れるが、そう訳していいのかという疑問がついてまわる。さらには二つの単語がくっついてConfabularioという言葉になったとき、造語独特のニュアンスが生じる。そこで、Confabularioという語を分解してみる。すると、con-fabula-arioとなり、con-は接頭辞で共同・共通を、また、-arioは接尾辞で集合・場所等を表す。では、間のfabulaは何か。スペイン語ではfábulaとアクセントが付き、寓話、物語、神話、伝説、嘘、作り話、噂、ゴシップ、話、筋、プロット等の意味が辞典には並ぶ。元になるラテン語fabulaには、さらに、お伽噺、劇、叙事詩、喜劇等の意味が加わる。となると、fabularioを単純に「寓話集」と捉えていいのかどうか。日本語で寓話集というと、『イソップ寓話集』やラ・フォンテーヌの『寓話』が思い出されるだろう。そしてその「寓話」の意味は「(fable) 教訓または風刺を含めたたとえ話。動物などを擬人化したものが多い」(『広辞苑　第七版』)とあるが、この意味から連想される寓話が、Confabularioに収められた二十八の掌・短篇のうち、いったいいくつあるのか。その数からしても『寓話集』として一冊の本を括ることはできず、Confabularioにおけるfabulaは、先に記したようなさまざまな意味で使われているように思われる。では肝腎のタイトルはどうするか。それぞれの名詞を生む動詞、fabularは「作り話をする、(物語を)創作する、でっちあげる」、confabularは「(内密に)協議する、密談する、(悪事を)話し合う、共謀する、示し合わせる」、そしてそれぞれのラテン語、fabulorは「話す、喋る、談笑する、談話する」、confabulorはfabulorの意味に「物語を作る、fablaを作る」が加わるという情報をも共有した上で、「話し合って作ったfabulaを集めたもの」をベースにして、アレオラとディエス＝カネドのエピソードにならって編集者と話し合い、おびただしいタイトルを挙げ、検討し、長い紆余曲折を経て『共謀綺談』とすることにした。結局、「共謀」という言葉を使うことになったのは、「記憶と忘却」の最後でアレオラが「共謀（コンファブラード）していようがいまいが、著者とその読者と目される人は同じもの」と述べた一文の影響が大きく、また、「綺談」は、作者に相談もせずに（無理なので）、読者の抱くであろう思いを勝手に汲みとったもの。

さまざまな形で書かれている『共謀綺談』の中で、いわゆる寓話と言えそうものの代表は「驚異的なミリグラム」である。とはいえ、アリを主人公にした人間社会のたとえ話にはなっているものの、読んでなるほどと納得し、すっきりするものではない。解けない謎が残るからだ。たとえば、アリが運ぶミリグラムの素材が書かれていないこと。つまりアリが運んだものはいったい何だったのか。この肝腎な点が読者の想像力に委ねられる。この作品のエピグラフはメキシコの詩人、カルロス・ペジセールのソネットからとられており、そこでの使われ方を把握すれば、この疑問は解けると思いたいが、そこでもミリグラムの正体は明確ではない。ここに訳出することも考えたが、逆に、読みの方向づけをするかも知れず、やめることにした。エピグラフと作品の関連を探るのは研究者に任せて、読者は目にするテキストをもとに楽しめばいいのだから。他の作品にしても同じことがいえ、たえず寓話という範疇を逸脱する。謎ときはアレオラの代表作といわれる「転轍手」では山盛りになっている。本文中にはT.あるいはF.といった村が出てくるが、アルファベットの横にピリオドが付いて、具体的な固有名を省略していることがわかる。ところが主人公である外国人が最後に口にするXという文字にはピリオドがない。Xで始まる地名がないわけではなく、例えば、メキシコのベラクルス州の州都はハラパ Xalapa。とすると、Xは未知なるものを指すときの符号として使われていることになるが、ではXはどこか。もしかしたら場所ではないのではないか。汽車というのは何かの象徴なのか。本当に、外国人のいる駅に到着するのか、等々。また、朝、目覚めると男の頭に角がはえているという、まるでカフカの『変身』にヒントを得ているかのような「村の女」は、男を主人公にしていて、その妻の描写は少ない。ではなぜ、こんなタイトルが付いているのか。タイトルを「村の女」にすることで主人公の陰に隠れた女を逆にクローズアップし、女性の立場を考えさせるためなのか。どの作品にもこうした謎が、あるいは寓意が隠れており、それを解く、発見するのが読者の役割となる。先にも触れたが「共謀していようがいまいが、著者とその読者と目される人は同じもの」というアレオラの言葉どおり。とすれば、たとえば、ホラティウスの言葉をタイトルにした「山々は出産しようと(パルトゥーリエント・モンテース)している」(日本語としては「大山鳴動して鼠一匹」へと転化)は、作家が作品を生み出すときの苦労話、そして読者の無理解を揶揄しているものと捉えられるのではないか。人さまざま、まさしく読者それぞれで作品の読みは変わる。だが多くの作品が寓意に彩られ、ときには幻想的、またときにはSF的な舞台設定の中ででさえ、ユーモアを、皮肉を、ときには嘲笑をまじえて書かれている作品から物語とエッセイを融合させている濃密な作品にいたるまで、この『共謀綺談』を読む楽しみは、むしろ「共謀」する読者の器に左右されるものなのかもしれない。

『共謀綺談』と『さまざまな作り話』を併せて受け取ったフリオ・コルタサルは一九五四年九月二十日、パリから、短篇というジャンルに対する世間(読者)の無理解を嘆きつつ、アレオラの作品に共感を示した長い手紙を送る。その中で、次のように書いている。

『共謀綺談』と『さまざまな作り話』の最もいいところは、ランボーが「場所と方策（ル・リュー・エ・ラ・フォルミュル）」と呼んでいたもの、つまり、この世の印刷所をうんざりさせる他の多くの人たちのように尻尾ではなくて、闘牛を角でつかむ方法をあなたがお持ちであることから生まれて来ています。だからこそ僕はあなたの短篇を読み終えて——そしていちばん気に入ったものを再読し、そのあと超読し、これは記憶の中で読むことですが——満足しています。快楽主義的な理由からではなく、また、あなたが偉大な短篇作家であることを知って嬉しいからではなく、あなたが、僕が、（中略）短編へのアプローチを誤っていないとふたたび確信するからです。（中略）僕はあなたの簡潔さが好きです。（中略）あなたの最良の短篇はまさしく短いものだと思います。あなたがとても少ない言葉で獲得するものに驚かされます。たとえば「ロードスのシネシウス」——あなたの他の作品と同じようにボルヘスを思い起こさせますし、まさしくそう言えると思います——

また、一九八五年にフォンド・デ・クルトゥーラ・エコノミカ社が、ホセ・ルイス・クエバスの素描を挿入して編んだハードカバーの特別版『共謀綺談』には次のようなボルヘスの序文が載っている（これはボルヘスが書いた序文を六十四集めた『私的な図書館』（イスパナメリカ社、一九八五）所収のアレオラ『幻想短篇集』の序文と同じもの）。

（中略）ファン・ホセ・アレオラを彼自身の名前ではないたった一つの言葉に限定しなくてはな

らなくなれば（中略）、その言葉は、きっと、自由ではないか。明晰な理性に統べられた、無限の想像力の自由。（中略）疑い深い頑ななナショナリズムの時代に、ファン・ホセ・アレオラは、歴史的、地理的そして政治的状況を蔑み、世界と幻想的な可能性を凝視する。本書に選ばれた短篇の中では、わたしには「驚異的なミリグラム」がとりわけ印象深かった。きっとスウィフトの承認を得ていたことだろう。どのような優れた寓話とも同じように、様々な、そしておそらくは相反する解釈ができるし、その美点は議論の余地がない。カフカの偉大な影は彼の物語の中で最も名高いもの、「転轍手」の上に投げかけられているが、アレオラには、ときどき機械的になる彼の師とは違い、あどけない陽気なところがある。（中略）彼は一九一八年に生まれた。彼はどんな場所ででも、どんな世紀にでも生まれることができた。わたしは彼にあまり会ったことがないが、ある日の午後、アーサー・ゴードン・ピムの最後の冒険について語り合ったことを覚えている。

アレオラとボルヘスがポーの長篇をめぐってどんな話をしたか、興味はつきないが、それはさておき、コルタサルとボルヘスの言葉を借りて『共謀綺談』を言い表せば、「闘牛を角でつかむ方法」を心得ていたアレオラが、「明晰な理性に統べられた、無限の想像力の自由」で創りあげた作品をまとめたものとなる。

アレオラはある対談で次のように語る。

『共謀綺談』は一連の影響と手法を個人的な形に集約させる試みだった。ひとことで言えば、凝縮、あらゆる表面的なものの剪定で、わたしは、二、三の作品では完璧と見なされうるほどに、素材とスタイルを締め上げることになった。その意欲に多くのページが奪い取られた。つまり、十枚、二十枚分の原稿になるテキストが一枚、三枚のものになった。何枚かの原稿になりそうなテキストを半ページに凝縮できたとき、わたしは満足感を得た」(エンマヌエル・カルバージョ『二十世紀メキシコ文学の十九人の立役者』(一九六五)

そうした無駄と思われる言葉をそぎ落とそうという態度は、ただ自作に向けてのものにとどめておけないのかもしれない。『共謀綺談』全体のエピグラフはペジセールの「ノクターン」の一部からとられているが、ペジセールは「黙って、ぼくはうかがう/誰かが、身動きひとつせずに、ぼくを食い入るように見ているあいだ」と書いたのだから。

*

アレオラの経歴については、冒頭の「記憶と忘却」で著者自身が書いているが、これはいわば途中まで、また、きわめて簡略化されているので、少し補足しておきたい。なお、以下引用するアレオラの言葉は前出のオルソ・アレオラ『最後の旅芸人』による。

まず、アレオラが登場する時代はどのようなものであったのだろう。メキシコは一九一〇年の革命で独裁者ポルフィリオ・ディアスを失脚させるが、その後、サパータ、カランサ、ビージャ、オブレゴンと革命のリーダーだった人物たちが次々に暗殺され、二四年にカジェスが大統領に就任。カジェスは教会を弾圧、そのため教会は門を閉ざす。それがもとで一九二六年、クリステロの反乱が勃発し、二九年に和解するまで、主にハリスコ州やその近隣の州の各地で戦闘が続いた。ファン・ルルフォはその戦いを短篇集『燃える平原』の背景に用いることになるが、アレオラは「記憶と忘却」にもあるように、そのあおりをくって学校に行けなくなり、働きに出されることになる。一方、文化的状況といえば、革命前からホセ・バスコンセロスやアルフォンス・レイエスらが集まった青年文芸協会が講演会形式で欧米の思潮を紹介し始めていた。そして二〇年、オブレゴンが大統領になるとバスコンセロスは文部大臣として様々な教育改革を推進すると同時に、芸術を民衆の目に触れるものにするため壁画運動を開始し、ホセ・クレメンテ・オロスコやシケイロス、ディエゴ・リベーラらが公共施設に壁画を描き始める。さらに文学界では同時代の欧米の詩人・作家に刺激を受けた詩人たち、ホセ・ゴロスティサ、カルロス・ペジセール、ハビエル・ビジャウルティア、ホルヘ・クエスタらが精力的に活躍する一方、文芸誌『同時代人』（一九二八－一九三一）に結集し、以後のメキシコの詩や戯曲に大きな影響を与えることになる。

そうした、いわば政治的にも文化的にも激動の時代、アレオラは、一九一八年九月二十一日、ハリスコ州のサポトランで生まれる。幼少期のエピソードは「記憶と忘却」を読んでいただくとして、アレオラは一九三三年、十五歳のとき、州都であるグアダラハラ市に移り、パピーニの『ゴグ』を購入し、そこからダンテやゲーテの作品を読むようになり、翌年には短篇を書き始める。三五年に故郷に戻り、ふたたび様々な職に就き、三六年の年末にメキシコ市に転居。三七年、国立芸術院の演劇学校に入り、劇作家・小説家のロドルフォ・ウシグリや詩人・劇作家のハビエル・ビジャウルティアを師とし、実験的な演劇グループに入って役者として演じる。四〇年、舞台俳優をやめ故郷に帰り、中学校の教師として働き、文学や歴史を教えるが、四三年、再び、グアダラハラに転居。ルルフォ、やがて作家・評論家となるアントニオ・アラトーレと知り合い、親交を結び、ネルーダ、ロルカ、アルベルティ、パピーニ、デュアメルを読む。アルトゥーロ・リバス・サインスと雑誌『エオス』を発行、創刊号にアレオラは短篇「生きてるあいだ、うまくやった」を載せる。四五年、アラトーレとともに雑誌『パン』を創刊、後にルルフォも関わるが、そのルルフォは「土地をくれた」、「マカリオ」を、アレオラは「改宗者」「下手な修理をした靴職人への手紙」を載せる。この年、コメディ・フランセーズを率いてグアダラハラに来たルイ・ジューヴェと知り合い、ビジャウルティアやアルフォンソ・レイエスらの推薦を受けて奨学金を得、演技と朗読法を学ぶためにパリに赴き、ジャン・ルイ・バロー、ピエール・ルノワール、ルイ・ジューヴェの下で学び、俳優を務めたりするが、鬱病と気候が合わないことから四六年、帰国。奨学生としてコレヒオ・デ・メヒコに入学し四七年、アントニオ・アラトーレの推薦でフォンド・デ・クルトゥーラ・イ・エコノミカ（ＦＣＥ）社で校正者として働き始める。「ＦＣＥはわたしの大学だった。編集者、翻訳家、校正者としてのわたしの仕事が、歴史、人類学、言語学、哲学、そして芸術といった様々な学科でわたしを育成してくれた。ラルフ・エドムンド・ターナーの『偉大な文化的伝統』やエーリッヒ・ケーラーの『人間、物差し――歴史への新たなアプローチ』といったとても重要な本のブックカバーや裏表紙に載せるテキストを書いた」というほどだが、四九年辞職。同社から十八篇からなる『さまざまな作り話』を出版。五〇年にロックフェラー財団の奨学金を得て、『共謀綺談』の準備をし、五二年にＦＣＥから出版。翌年、同書でハリスコ州文学賞を受賞。五四年、アレオラ自身、「ロス・プレセンテスはアナワク盆地で最も精選されたものをカタログに載せている唯一の出版社だった」と述懐することになるが、ロス・プレセンテス叢書を創って、若い作家の作品や時代にふさわしいと思われる作品を出版し始める。エレナ・ポニアトウスカの『リルス・キクス』、カルロス・フエンテス『仮面の日々』、ペジセール『飛行訓練』、コルタサル『遊戯の終わり』等々。ガルシア＝マルケスも作品を持ち込むものの、手違いで未刊に終わるが、後にガルシア＝マルケスは文学的に満足がいかなかったため、刊行されなくてよかったと述べる。二年間で六十冊ほど出すが、アレオラ自身のものとしては寸劇『みんなの時』。五五年、同作品で国立芸術院の演劇フェスティバルで一等賞を受賞。ＦＣＥが増補版『共謀綺談』を出版。五六年、雑誌『メステル』を創刊し、エルサ・クロスやホセ・アグスティンらを紹介する。五八年、『銀の釘』というタイトルで後に『動物寓意譚』となる作品集を、また、「ユニコーン手帖」と冠した叢書を企画し、ホセ・エミリオ・パチェーコ『メドゥーサの血』等を出版。五九年、メキシコ国立自治大学の文化センターとなったカサ・デル・ラゴの初代センター長となり、大学人としての生活に入り、そこで詩の朗読会や文学ワークショップ、チェスのトーナメントを開催。六一年、学長交替に伴いセンター長を解任され、国立芸術院の演劇スクールやメキシコ作家センターで講義を担当する。ハバナにあるカサ・デ・ラス・アメリカスでキューバ作家セミナーを運営するために招かれ、キューバに滞在する。後年、フィデル・カストロがメキシコを訪れたとき、「キューバ大使館が開いたレセプションで（中略）、ガブリエル・ガルシア＝マルケスはわたしをフィデルの前に連れて行って、「ファン・ホセ・アレオラを紹介します、僕がいちばん好きな作家です、僕の次に」と言う。（中略）フィデルがわたしのことを思い出すのは簡単なことではなかった。キューバ滞在から二十年以上たっているのだから」とアレオラは懐しむ。六二年、ＦＣＥが『全共謀綺談（一九四一―一九六一）』を出版。六三年、子供のころから見聞きしてきたことを二八八の断章にして並べ、守護聖人である聖ヨセフを毎年祝うサポトランの町の総体をポリフォニックに描く長篇『祭り（フェリア）』を出版、同書でハビエル・ビジャウルティア賞（初回の受賞者はファン・ルルフォ）を受賞。六四年、メキシコ国立自治大学で教授として働き始める。七〇年、ワールド・カップのコメンテーターを務める。七一年、ＦＣＥとの不和から、ホアキン・モルティス社が「ファン・ホセ・アレオラ作品集」と銘打って、作品を出版し始める。その五作の作品集（と構成）は、一九七一年に、『共謀綺談』（二十八の短篇）。『回文』（「回文」として六篇、「統語的な作り話」として十篇、戯曲「三番目の呼び声、三番目！」）。『さまざまな作り話』（四作の短篇に戯曲「みんなの時」）。『フェリア』。そして七二年に『動物寓意譚』（「動物寓意譚」として二十三篇、「マル・ドロールの歌」として二十八篇、「韻律」として二十五篇、そして「接近」として十六篇のエッセイ）。この年、メキシコ・チェス連盟の会長に指名され、七二年には合衆国初のワールド・チャンピオンになるボビー・フィッシャーの試合のコメンテーターを務める。この前後からテレビの文化番組でのコメンテーター、評論家、インタヴュアーとしての仕事に多く携わるようになる。七六年、フランスの芸術文化勲章（等級オフィシエ）を受勲。以後も、さまざまな賞・勲章を受けることになる。八六年、ブエノスアイレスのブックフェアーでホルヘ・ルイス・ボルヘス勲章、九二年に旧友の名を冠したファン・ルルフォ・ラテンアメリカ・カリブ文学賞（初回の受賞者はニカノール・パーラ）、九七年にアルフォンソ・レイエス賞（初回の受賞者はボルヘス）等々。二〇〇一年、グアダラハラ大学がアレオラの名を冠した短篇コンテストを開始。十二月三日、晩年患った水頭症が原因で八十三歳で死去。

アレオラは、友人でもあるルルフォとともに、リアリズムが圧倒的だったメキシコで、短篇の新たな書き方の指標となったが、ワークショップを開いて文学を論じ、雑誌や叢書を出版することで、若い作家を刺激するとともに活躍の場を与え、成長させた。たとえば、フエンテスに対しては、「彼の小説『大気澄みわたる地』のオリジナルを読んだとき、わたしは彼にこう言った、「カルロス、君は君の道を見つけた。わたしの道、わたしが文学として理解しているものとは違うが、もう君はすっかりプロだ。この先、わたしは君の師として存在することはやめる。君にはもう君自身であるための力があるのだから」と助言する。このフエンテスだけでなく、アレオラがそれぞれの処女作を出版したポニアトウスカ、パチェーコもやがてセルバンテス賞を受賞するような作家、詩人にまでなるのだが、アレオラは、彼らの他にも二十世紀後半に活躍する多くの若い作家たちに、その活躍のきっかけや場を与えることになった。その一方で、ラジオやテレビに顔を出すことで、広くメキシコの文学・文化面での発展に大きな貢献をすることになった。生誕百年にあたる今年、新聞・雑誌では特集が組まれ、また、数多くの記念行事が行われているが回顧でおしまいというわけにはいかない。「彼はどんな場所ででも、どんな世紀にでも生まれることができた」というボルヘスの言葉にもあるように、アレオラは二十世紀半ばのメキシコといった狭い枠に閉じ込められることがなく、その作品はこの先も新たな読みを求めて新たな読者を待ち続けているのだから。

本書を翻訳するにあたって、Juan José Arreola, *Confabulario and other inventions*, University of Texas Press, 1974と、Juan José Arreola, *Le Fablier (Confabulario)*, Patiño, 1993、そして「転轍手」は、『転轍手』（桑名一博訳、プレス・ビブリオマーヌ刊、一九八〇年）を参照した。また、Confabularioというタイトルが生まれるエピソードを突き止めてくれたばかりか、疑問点にも快く答えてくれたオラシオ・ゴメス・ダンテス氏、そして本書のタイトル決定に共謀してくれ、事細かに拙訳のチェックをしてくれた松籟社の木村浩之氏、お二人にはこの場を借りて深謝したい。

（二〇一八・六・一一）

［訳者］

安藤　哲行（あんどう・てつゆき）

1948年岐阜県生まれ。神戸市外国語大学外国語学研究科修士課程修了。
摂南大学名誉教授。専攻はラテンアメリカ文学。

著書に『現代ラテンアメリカ文学併走―ブームからポスト・ボラーニョまで』（松籟社）がある。
訳書に、サバト『英雄たちと墓』（集英社）、フエンテス『老いぼれグリンゴ』（池澤夏樹＝個人編集 世界文学全集第2集所収、河出書房新社）、アレナス『夜になるまえに』（国書刊行会）、ボルピ『クリングゾールをさがして』（河出書房新社）、プイグ『天使の恥部』（白水社）など多数。

〈創造するラテンアメリカ〉7

共謀綺談

2018年7月12日　初版発行　　　定価はカバーに表示しています

著　者　　フアン・ホセ・アレオラ
訳　者　　安藤　哲行
発行者　　相坂　一

発行所　　松籟社（しょうらいしゃ）
〒612-0801　京都市伏見区深草正覚町1-34
電話　075-531-2878　　振替　01040-3-13030
url　http://shoraisha.com/

印刷・製本　　亜細亜印刷株式会社
装丁　　安藤紫野（こゆるぎデザイン）

Ⓒ 2018　ISBN978-4-87984-367-8　C0397